春　眠

簡莉穎劇本集1　　簡莉穎　著

簡莉穎作為一種意外

童偉格（小說家）

　　簡莉穎和我唯一一次超過寒暄程度的交談，我記得，是在 2013 年年底某日，在台北某咖啡館。那時，她好像是在提交研究所畢製作品這件事上，遇到了點問題，想找人幫看劇本，給點建議。所以我就去見她了。其實，她劇本寫得比我好，所以我也真不知道自己能給她什麼有用的建議。之所以仍去見她，只因我打算就去亂聊，也許聊著聊著，像她那樣聰明的人，就自己繞出去了也說不定。其次，我也想表達我個人的祝福，想跟她說，就請放輕鬆點吧，因無論如何，在我心中，她都已經是位相當好的創作者了。

　　因我不是真的很能聊天，我希望當時那祝福，沒有顯得像是冰山一座。當然，至今我也沒能好好向她說明，其實，很多年過去，我不時還會想起自己，讀到她的《春眠》時的快樂心情。那明確就是看見有人，居然能翻過原典那座大山，將一路所見的珍貴殊異，細細在我們的日常語境中織理，卻又不減損其中殊異的，以一部重新而完好的作品，返還給很少有好消息的台灣舞台劇本創作。我猜想，對台灣舞台劇創而言，像這樣一部「突然」出現的好作品，總標誌了時間的兩重性：它既像是姍姍來遲的，又像是跟未來預支的成果，用一種結語樣態，開放了我們探索的歸向。

對我而言，一如她的作品，劇作家簡莉穎的出現，也像是台灣現代劇場的一則悖論，不容易適切描述；起碼，不適合僅就線性系譜來定位。簡單說：就自身發展斷裂重重、意外橫生的台灣現代劇場而言，她亦是那種早該出現，卻又過早出現的特例。這是因為一方面，應對一切商業機制居然仍不成熟的台灣劇場，在過往九年，簡莉穎一人，輻散出蔚成奇觀的創作能量，差不多獨力改寫，或重新定義了「編劇」這專業，對劇場的重要性所在。

　　另一方面，這些年來，簡莉穎也示範了一種自我養成的工作方式：所有那些為作品而做的扎實研究，在反證於個人體驗時，也進一步，更新了她對自身體驗的知解；從而，一位作者能夠持恆的創作，而不自我耗損或耽溺。也許是這樣，在一個明確無法給編劇更多奧援的環境裡，簡莉穎艱辛的開放，並錬成她自己，成為一個對所有戲劇創作者，都獨具啟發意義的明喻。

　　這正是這部劇本集的顯在意義：以字句可讀的具證，它示現上述一切如何肇啟；如何從學院訓練出發，而終究，以個人具體實踐，讓事關創作的理論瞠乎其後。

　　謹以不變的快樂心情，祝福這部最初的結案報告，也祝福劇作家簡莉穎。

陪人物深刻的活過

施如芳（戲曲編劇、戲劇老師）

　　編劇這條路，我和莉穎各在一方匍匐前進，原本並不相干。如今，我心裡默默引她為同類，遇到劇場界的朋友，常情不自禁提起簡莉穎（類似「你簡莉穎了沒」的概念），感激其人其劇帶給我的安慰，彷彿就是得拿年輕人說說嘴，才能拾起信心和力氣揹自己的犁，繼續往下拖磨。

　　自己寫戲的關係，看戲多少帶著「內行」的知見。這個時代人人一把號，各吹各的調，劇場裡熱熱鬧鬧，推陳出新的速度越來越快，可很少搔到我痛癢處，但凡作品說服不了我的，其戲外的言之鑿鑿都是多餘的話，說與做落差之大，我但願它不是國王的新衣，而是無奈眼高手低。改編之作，掠前人之美，容易得基本分；原創作品要一出手就兼顧內容和形式，在台灣不只欠東風的環境，那真的，難到只能等待奇葩。四顧茫茫太久了，我不免想，就當戲法人人不同嘛，幹麼放自己這麼孤單？就在開始懷疑自己是老了還是度量不夠的時候，我看到簡莉穎的戲！

　　第一次是 2012 年 5 月 25 日，在牯嶺街小劇場的女節節目，三個角色、六十分鐘，劇名我沒能記住，但朦朧又真切的感觸到這個編劇關心人也會寫人，擲中我的要害，「簡莉穎」這個名字於是貼在了

心上。兩年後，再到水源劇場看《新社員》，老實說，進場之前，對主訴觀眾充滿符號形象的關鍵詞：搖滾音樂劇、BL腐女文化、動漫執事新社員，我幾乎是不懂也沒興趣的。沒想到觀劇過程中，我沒被遺落在腐女腦洞大開的世界之外，先是驚訝於莉穎第一次寫音樂劇，以歌舞演故事的形式訴諸大眾，就能寫到歌／戲相互添色，並行無礙；接著便被她寫人的手筆以及全場嗨到爆的氛圍席捲，如癡如醉的入了戲……

待回過神，我拍案而起：是啊，你不是從寫戲的經驗體驗到並信奉著嘛，戲法再怎麼變，重中之重就是要寫「人」啊，說什麼世代差異，戲劇／戲曲有別，只要有本事寫通人的渴求、人的恐懼，不管在哪個時空用哪種形式哪種語言，誰也隔離不了誰！

《新社員》之後，莉穎大跨步前進，從題材和形式，嘗試的路子越走越廣。在這個時候，她出版第一本劇本書，收錄創作於研究生時期的四部少作，以及學界、業界、師友與她的對談和評述，我從中認出了初識莉穎的戲（《妳變了於是我》），也明白了奇葩不是橫空出世，而是一齣戲、一齣戲，用盡心血探索過來的。即便寫作的當下，身心內外歷經顛盪，或正在社運的現場，充滿熱血滔滔的想法，莉穎最後讓觀眾看到聽到的，絕不是宣洩或炫才式的言志論理，而是人物，那「說」得冷靜淡然、卻「做」到令人不忍的苦辛；是編劇勘透人心的靈慧，和未必以愛名之的悲憫。

劇本寫的是音聲，是話語，一字一句都是具體而微的「活著」，一個個再真實不過的懸念，話一出口，對不對勁？有沒有人物？有沒有人物的歷史？聽似無心卻有情的話語，是否立在好的結構上，呼應

出具有生命感的主題？真的騙不了人，嗯，至少騙不過像我們這種沒日沒夜鑽研此道的人，以及，要穿戴起角色、進入人物的演員——聽聽和莉穎合作過的演員怎麼讚歎她的本子吧，「好會」、「好立體」、「有在說話」，活著，就是這麼直觀，形容詞無效，時時刻刻都像新手。莉穎志在原創，她的日常必得一肩雙挑，同時做著自己和劇中人的人生功課，待她做足了功課，我們便能買票進場，在劇場詩意的光裡，等著被她擊中深深淺淺徘徊著的心事。謝謝莉穎，讓我不害怕回到 Here and Now，是她的編劇藝術，讓我們面對人與我的真相，而不致於被真相所毀。

我們都是用肉身去碰撞，腳踩進排練場的人

「如果有人需要，我就出版它吧！」一開始只是這麼單純的想法。

過去我在文化大學修導演課時，苦於翻譯劇本（特別是當代翻譯劇本）搬演時，還需再做一層轉譯，或只能做到表面形式的處理，總覺得劇中更深層的文化肌理、社會脈絡，終究是隔了一層。這幾年，陸陸續續有幾個同樣是劇場圈的友人、學弟妹跟我索討劇本，拿來做教學、導演呈現或表演呈現，這才知道我的劇本被列入台北藝術大學導演進廳畢業製作的甄選清單。學生們可以挑希臘悲劇、莎劇，也可以挑我的當代劇本。如果有人需要，那就出版吧！

寫劇本時，永遠都會面臨幾個問題：我想跟誰說話？迷住我的感受、畫面、那瞬間究竟是什麼？不管什麼題材，它能不能找到與我生命經驗融混的部分？創作一開始多半只是個提問，做戲並不是找答案，而是經由這個提問而展開的旅程。

今次出版的《甕中舞會》、《第八日》、《春眠》、《妳變了於是我》，是我碩士班時期的作品，透過印刷面世，希望讓劇本的選擇更多元，同時也留下階段性的工作成果。

《甕中舞會》是我在大學時的編導畢製，它處理了家庭內無法言說的性暴力，這個性暴力在成長過程中孵化成多重的夢魘，同一個痛苦不斷繁衍的夢中夢中夢；再現劇團委託創作的《第八日》，我從關注的糧食議題出發，試圖掌握田野調查、資料蒐集的能力，以布萊希

特（Bertolt Brecht）為師，用寓言體處理我關注的議題，磨練喜鬧劇手感；《春眠》啟發自我心愛的作家孟若（Alice Munro），受益於金士傑老師的課後討論，探究記憶與愛，如何在漫長的時空跨度中磨出一場場戲，讓角色的血肉足以成形；《妳變了於是我》，則是將困擾我自己的疑問轉化成一齣雙人小戲，想討論……不，想哀哭或吶喊，愛人與愛人之間怎可無以為繼。這些故事都包含我持續至今的關注：性別、身體、社會議題、人與人的關係、尋找自己的語言跟角色。

相較於小說、散文這些一旦付梓就可視為「完成」，且凝結於紙上的文類，戲劇是一門透過實踐才得以實現的藝術，絕對無法永恆不變。我所寫的每個劇本都是為了演出而寫，初期我身兼編導，後來也與不同導演、劇團合作。初稿完成後，隨著演員的特質以及排練狀況再三調整，形成如今印在紙上的版本。

劇場，除了創作初衷，許多時候也必定會面臨種種跟人、資源有關的限制；在創作與外界限制之間的拉扯，就是劇場中的實踐——在台灣尤其如是。

比如，《妳變了於是我》是女節的節目之一，資源有限、長度有限，因此我決定就是雙人戲演完到底（後來再因劇情所需，加入了第三個角色）。又比如《春眠》，初始呈現是校內讀劇——帶著一種敏感的直覺，我彷彿可以感知到適合該呈現媒介的敘事方式——於是我用了兩名敘事者，正適合讀劇。相反的，靠對話、環境與生活細節堆疊而成的戲，只聽讀劇則會錯過太多東西……

有時候，「限制」同時也是這齣戲該往何處去的徵兆，或說，作為一個劇作家必須懂得將條件限制納入創作中一併思考。對我來說，

堅持自己想要表達的感受，但在現實考量下，感受要怎麼變成劇本，則有千百種路徑。劇場工作並不是突然有一天靈感降臨，我們都是透過不斷實踐，不斷討論，不斷經歷無助到要放棄的時刻，試了好幾條路卻無路可出（真該把那些演員排過的，我看了直冒冷汗的一稿二稿三稿也給大家看看），經歷這麼多痛苦，才終於有那麼一點點什麼。

　　每一齣戲都是全新的嘗試，我至今也不確定我是否掌握了寫劇本的技藝，不同題材、不同角色、不同媒介，總會給我不同感受，產生不同的敘事方式。當劇本印成鉛字時，我並不希望忘記這些過程，我們都是用肉身去碰撞，腳踩進排練場的人——莎士比亞是劇作家也是演員，時時面臨「實踐」之必要。我所喜歡的戲劇，反應 Here and Now，源於真實，轉化真實，講述了唯有劇場才能說出之詩意，使觀者回到那個角色的當下，我們一次又一次感受到專屬於他／她的失落與悲欣。假使一切都水到渠成，觀者就能看見，唯有劇場能說出的，一部分的自己。

　　感謝所有跟我一起寫作、排練過的導演、演員、設計、行政、舞監、師長，這些作品因為你們的檢視而成為更好的作品。感謝協助這本劇本集順利出版的所有人。劇本之外，它還是劇場實務分享，劇本創作心得整理、對談，希望更能呈現一齣戲的誕生過程——我們往往要很久之後，才知道這些實踐帶給我們什麼。

　　最後，獻給林如萍老師，因為兩年前妳的一句話，我決定出版第一本劇本集。

目次

PART 1

劇本集

甕中舞會

均凡：（遲疑）喂，我們是在一個舞會上認識的吧？
男人：對呀。怎麼了？
均凡：金魚圖案的桌布。

劇中人物：

均凡

男人

小妹＝女侍＝歌手

父＝教授＝遊民＝說書人

母＝女主人

畫家＝偶

商人＝司機＝偶

女學生＝女友＝偶

旅館老闆娘

女友 A

女友 B

偶劇團演員

* 等號（＝）表示由同一演員飾演

第一場　旅館

（均凡將 DV 置於架上，對著自己，走回桌邊坐好，背對觀眾，開始對 DV 講話。此時男人提著皮箱進場，營造出兩人在不同空間的感覺）

均凡：現在時間是早上八點，真正的八點。我會在今天死去。
　　　爲什麼今天會死？
　　　因爲昨天沒有死罷了。
　　　我一生都在期待今天的死。
　　　不需要任何勇氣和決心。

　　　我是一個有病的人，我是一個邪惡的人，我是一個醜陋的人。我相信我有病，但是，關於我的病，我什麼都不知道，我不知道在我體內騷擾的究竟是什麼。我因這種種困頓而自虐自殘，我隱隱感覺，我已經準備好要炫耀我的病……我向別人顯示它們，以此自娛；我也透過一再觀看它們，獲得安慰……事實上，我不僅不能變成痛苦的人，我根本不知道如何變成任何一種東西……不懂得如何邪惡，不懂如何仁慈；不懂如何成爲壞人，也不懂如何做好人；不懂如何成爲英雄，又不懂如何當禽獸。

　　　我從不說謊，也從未誠實；
　　　我不斷說話，但我又聾又啞。

　　　又窮又普通，從來沒有性高潮，沒有任何人認識我，做任何事情都半途而廢……這樣的我，僅僅只是活著的我。不是想死。只是不想活而已。

　　　我叫做均凡，即將一如往常的死去。（這時響起一首歌〈And This Is My Beloved〉，是妹妹登場時會出現的歌）

（男人下場）

（燈暗）

（均凡躺在床上。男人進房，看到均凡仍睡著，放輕腳步靠近，探探均凡的鼻息，看他仍在呼吸，臉上露出欣慰的表情，為均凡蓋好棉被，並開始收拾場上的散落的物品。均凡醒來）

男人：早安！還好嗎？已經八點了。

均凡：你要幹麼？

男人：你再躺一會，等我整理好我們就去 Check Out。說起來還滿丟臉的但其實也沒什麼丟臉的，因為我快沒錢了，但沒錢並不丟臉趕快離開就是了。我不希望看到你被旅館老闆娘踢出去，你這麼可愛這麼善良真不該被這樣對待——你確定這些衣服都是你的嗎？

均凡：嗯？（遲疑的）應該是吧……如果這間房間只有我一個人使用的話……

男人：當然只有你一個人使用！我是非常、非常尊重你的。該不會你早上醒來看到我，以為我常常這樣非法入侵吧？絕對不是像你想的那樣。我先站在外面敲門，敲了大概有三十五下，三短三長的敲，等了大概有二十分鐘都沒有聽到回應，後來我想說你應該睡得正熟，那我就先進來幫你收拾東西，等你起床，東西也整理好了，我們就可以完全不浪費一點時間的出發，一起到下一個地方。（不待均凡回應）你還好嗎？你 OK 嗎？身體有沒有舒服一點？

均凡：我沒有什麼不舒服的啊。

男人：那就好。不要以為我這樣問很奇怪，你之前跟我說，你有睡一睡呼吸就會停止的毛病。每次你睡著我都很擔心。（手指伸到均凡的鼻前）

均凡：我哪有這種毛病。

男人：那就好。（一陣沉默）

均凡：請問你是——

男人：（打斷）那些衣服真的都是你的啊？（伸手拿起衣物把玩）

均凡：嗯？應該吧。

男人：我真的覺得你帶的衣服都太薄了，難怪你昨天會身體不舒服。

均凡：我沒有什麼不舒服。

男人：雖然你穿起來非常好看，真的非常好看。尤其是這些裙子（在身上比畫，進而套上身），你穿起非常好看，很像……

均凡：很像什麼？

男人：像我。（笑）

（均凡想站起身來，突然感到一陣頭暈）

男人：（衝上前攙住均凡）你還好吧？你看我就說你不舒服吧。

均凡：不，我真的還好。

男人：真的？（均凡點點頭）好吧好吧，那我們趕快出發吧，你答應我的──

均凡：我有答應你什麼嗎？

男人：你在舞會上答應我──

均凡：我沒去過什麼舞會吧。

男人：好吧，或許對你來說那稱不上個舞會。那天我們認識，然後一起旅行。那是很重要的舞會，因爲在舞會上，不管我走到哪裡，都會剛好碰到你；我伸手拿起一杯酒，你站在我的對面，也剛好伸手拿同一杯，我們的手指不小心碰在一起；當我感到有點疲累，躲到金魚圖案的桌子下方，想睡個覺，卻發現你早已偷偷藏在裡面。你像一個禮物，我有點害羞，我們開始聊天，然後你搭著我的肩，告訴我你要去旅行，你問我要不要一起去……

你喝得有點多，整個人倒在我身上。我突然感覺跟你好親近……你相信有前世嗎？

均凡：呃，我們很熟嗎──

男人：好！應該繼續等，是我不對，我不該勉強你，就算你妹妹一直

不來，我也該一直跟你一起等下去——

均凡：妹妹……妹妹……

男人：我昨天本來很快樂，但今天卻突然發現一切都不是像我想的那
　　　樣……我決定以你的快樂為快樂，那才是真的快樂。（電話鈴
　　　響，男人接起，看著均凡）喂，以後你醒來，發現身邊都是陌
　　　生的人事物，也要假裝你很熟悉的樣子，不然任誰都可以騙
　　　你。（掛上電話）

均凡：剛剛是……

男人：（微笑）我的心理醫生。你準備一下，我到外面等你。

（男人下場。電話再度響起，均凡接起，從話筒中傳來音樂，妹妹歌
響起）

（小妹從舞台深處出現）

小妹：姊姊。

均凡：妳在哪裡？

小妹：我不能說。

均凡：我也離開家了，我要去找妳。

小妹：姊姊，不管我們離家多遠，總有一天要回去的，你在家裡等我
　　　就可以了。

均凡：不，那個家我再也受不了了。

小妹：受不了什麼？

均凡：為了維繫一個家，所有的事情都變成祕密。

小妹：姊姊。有些事必須如此，如果沒有我們獨一無二的祕密，我們
　　　要如何找到彼此呢？你以為你離開了，但你會越走越回去，就
　　　跟我一樣。（掛上電話）

（均凡倒轉自己的 DV，傳出跟剛才話筒中同樣的音樂。突然 DV 開始
自行倒轉，父母倒退著上場。均凡將 DV 放到眼前，拍攝父母。彷彿
重現過往的場景）

（進場倒帶音效進，接隆重介紹的音樂進，母講國語，父國語、閩南語交雜）

父　：我是均凡的爸爸。

母　：我是均凡的媽媽。

父　：我們去過比這個更好的餐廳。

母　：嗯。

父　：記得小羊排嗎？幾乎沒有腥味。配菜是切片的奇異果。一客要一千八百塊錢！平常人誰吃得起？是普通羊排的十倍價錢！要怎麼分辨普通人和菁英分子？是賺多少錢嗎？不，是怎麼用錢。我是用錢專家。即使花一百元就能得到一千元的享受，還是要花一千元！這就叫做價值。我有錢、有名聲，大家都敬重我。我非常樂意為社會盡一份心力。我懂得怎麼讓世界更好。花大錢可以促進社會繁榮。喂，冰箱裡有切好的奇異果，（母拿出一盤水果）很甜。

母　：嗯。

父　：均凡，吃一塊。對身體很好。

均凡：好，等等。

父　：快吃。

母　：（阻止父）他胃不好。

父　：這種奇異果一顆要一百元。你剛剛吃那一口，就值二十元。一口二十元！不是一顆二十元。是一口。只有一口。

均凡：嗯。

父　：你是獨一無二的。你是一口值二十元的人！而不是一顆！我雖然喜歡女兒，但我並不特別重男輕女。我的孩子一口值二十元！兒子還能生兒子，四十元！

（母對著父吹氣）

父　：外面起風了。去把門窗關上，只留小小的隙縫，夠我們呼吸，

只要夠我們呼吸就好，不要讓冷風竄進來，讓我們在家裡凍得發抖。（電話鈴響，母拿出一只玩具電話。父接起，母切水果的聲音越顯急促）喂？你好。什麼東西？……你打錯了。沒有，你打錯了。我沒有訂！（掛上電話，對母）什麼東西！妳又亂買了什麼沒有告訴我？（發怒）不要亂花錢！要節省！我每天在外面拚死拚活，妳一通電話就把我的錢攏廖去了，喔，妳很行嘛妳這個臭女人！（沉默）

父　：我們去過比那個更好的餐廳。（吃奇異果）真甜。錢不是萬能，沒有錢萬萬不能。

母　：嗯。

父　：你賺的一塊錢不是你的一塊錢；你存的一塊錢才是你的一塊錢。

母　：嗯。

父　：一百元學做有錢人！

母　：嗯。

父　：毅力、恆心、耐心。如何賺進人生的第一桶金。從 A 到 A+。鈔票是無國界的護照。享受人生。小羊排、奇異果、蘋果、紅酒、鵝肝醬！

母　：還有那個非常好吃的盤子。（父瞪了她一眼，母陪笑）

父　：小羊排奇異果蘋果紅酒鵝肝醬盤子！哈哈！

（父大吃大喝。母看著父，舉起菜刀）

父　：怎麼了？（表情突然扭曲）。嗯……（掙扎貌）

均凡：媽！

（均凡撲上床，父母立刻起身。均凡躺在床上，做惡夢般的輾轉反側，口中喃喃叫喚著「媽」。伴隨著最大聲的「媽」，均凡醒來）
（男人開門入內）

男人：還好嗎？已經八點了。

均凡：八點？

男人：怎麼了你，做惡夢了？臉色好差喔。

均凡：（因男人動作親密而閃躲）沒有。

男人：怎麼，你在生氣啊？

均凡：沒有。

男人：你怎麼了？

均凡：我⋯⋯我身體不舒服。

男人：要不要打電話跟你家人說我們會晚到？我想我們先去醫院一趟好了。

均凡：不用⋯⋯休息一下就好了。你是⋯⋯？

男人：（一字一字唸出）要假裝你很熟悉一切的樣子喔。

均凡：啊？（驚嚇了一下）

男人：（看著均凡手中的DV）你拍這什麼？要熟悉安靜、熟悉陌生的一切、熟悉穿裙、熟悉什麼才是真正的自己⋯⋯（均凡擋住DV）

均凡：不知道，不是我拍的。（看著DV，彷彿在努力回想一些事情）

男人：好啦，不要這麼緊張，我知道你不喜歡人家看你的攝影機。你覺得我穿正式一點，還是休閒一點好？禮物會不會太寒酸啊？你爸爸喜歡喝茶吧？

均凡：⋯⋯喜歡。

男人：有什麼話題是絕對不能在你爸媽面前提到的嗎？你說過，嗯，寵物、宗教、婚前性行為。

均凡：對，寵物、宗教、婚前性行為⋯⋯

男人：你妹妹也在家嗎？

均凡：（突然驚醒貌，視線離開DV）妹妹⋯⋯妹妹⋯⋯我要去找我妹妹。我⋯⋯

男人：怎麼了？（牽起均凡的手）你現在身體不舒服，我還問這麼多，對不起。想到要見你的家人，我太緊張了。

均凡：（遲疑）喂，我們是在一個舞會上認識的吧？

男人：對呀。怎麼了？

均凡：金魚圖案的桌布。

男人：哇。你記得好清楚。平常我問你，你都說你忘記了。

均凡：那是個怎樣的舞會？（拿起 DV 要拍男人，男人立刻擋住了鏡頭，背對觀眾）

男人：那個舞會……

均凡：怎樣的舞會？多少人？舞會上發生了什麼事？爲什麼會去那個舞會？在什麼地方？什麼時間──

女侍：客房服務！（拿著托盤入內，隨侍在兩人身側）

男人：（用奇異的聲音說）我記不太清楚了，很久以前的事了。人很多，東西很好吃，主人很好客，之類的吧。那個舞會的事，沒有人記得清楚啊。（轉身看著均凡，聲音恢復正常）準備一下，我到外面等你，我叫了一輛車。（吻均凡）有事叫我。

（男人下場。女侍一直盯著均凡）

均凡：幹麼？

女侍：你說的舞會，我也有去喔。（聲音充滿魔力。隨著以下女侍敘述，畫家、商人、教授、女主人、女學生慢慢出現，搬動桌椅，陳設物品，場景轉換，男人最後出現）

這個舞會，叫做「甕中舞會」。只有少數人才知道。舉辦的時間通常在夏天。場地呢，是一個跟這裡很像但又不是這裡的地方。場上的陳設簡單，但是莊重。燈光是昏暗的，策劃者深知在黃昏的暮色渲染之下，人會失去難能可貴的一點自制力和判斷力，狂歡的時候我們極力抵制理性。桌上陳列著小羊排、奇異果、蘋果、紅酒、鵝肝醬，還有搭配鵝肝醬的小餅乾。桌布的圖案是噴水的鯨魚。食物冷而精簡，遞上一杯酒搭訕更勝於實際的吃喝。三支羅馬燭台散落在桌上，一盆鮮豔的玫瑰散發著催情的魔力。聽到音樂了嗎？

滑順細膩如女人的長髮，配合著挑逗的舞步正好。還有當地最不受歡迎的表演，由女主人一手安排。與會的人有：因強暴女

兒而被身敗名裂的教授、販賣人體器官的商人、喜愛舔食女人大腿的畫家、自殘雙目以換取歌聲的歌手、販賣殺人凶器的小孩、歷任丈夫死於非命的美豔女主人。據說其中有一個曾經犯下了謀殺案。以上我所說的話，只有一句是真的。這是一個專門招待敗德殘缺之徒的溫馨場所，你為什麼會來到這裡？

第二場　舞會

女主人：晚安，各位朋友。歡迎來到我的舞會，請隨心所欲做任何你想做的事，吃任何你想吃的東西，愛任何你想要愛的人。祝你們有光明燦爛的夜晚，足夠照亮你們無聊、噁心、充滿病痛和垃圾、像痔瘡破裂的夜晚一樣漫長的人生。謝謝大家。

（均凡拍攝場上的眾人，畫家前往搭訕。舞會上人們都使用講名言佳句的偉大語氣講話，如各自發表演說）

畫家：哈囉，我是畫家。喝一杯？
均凡：謝謝。

（畫家打量著均凡）

畫家：當你在街上看到某人時，基本上你注意到的是他們的瑕疵。你在拍我，嗯？
均凡：喔不是，我只是習慣帶在身邊。你知道，錄影日記。
畫家：雖然一個事件總是意味著某些值得拍攝的東西，但仍是意識形態，在最廣義的意義上，決定了到底是哪些東西組成一個事件。你猜我會怎麼拍攝我們現在的談話？
均凡：我不知道。

畫家：我會先拍下你臉部的特寫，尤其是你的眼睛。它們很美，但不看向鏡頭，你的表情嚴肅好像正在專心談話。接著剪接上一隻塗著紅色指甲油的手，撫摸你的大腿（挑逗均凡）。你在忍耐，你假裝沒有這隻手，但你又感到興奮，又害怕被別人發現……拉遠景，這隻手，是你自己的手，你旁邊沒有任何人……

均凡：喂！（避開，沉默）

畫家：在影像世界裡，事情都是已經發生過的，而且永遠會是已經發生過的。透過攝影影像過早的知道許多這世上的事之後，人們經常在看到真的東西時覺得失望、驚奇或冷淡……

均凡：等一下你……

教授：（插話）我還以為女人會比男人更知書達禮呢。我認為人終其一生，都必須與所有生命和平相處、互相尊重。絕對不要想去改變別人，打破彼此之間的差異。

畫家：哼，教授，這個女孩對你來說年紀太大了。

教授：一個真正能夠得到福報的人，一定要時時刻刻替別人著想，儘可能看到別人好的那一面，不要總是用既定印象審判他人。畫家小姐，不，畫家先生，我相信人性都是善良的。

（歌手開始唱歌）

均凡：我妹妹也很會唱歌。

教授：音樂！沒有音樂，生命只會是一個錯誤。音調屬於全體人類，旋律則是音樂家獻給人類心靈的絕對語言！

畫家：音樂是唯一不犯罪的感官享受，音樂是人們唯一必須付費的噪音。（與教授兩人作勢爭吵，商人打斷之）

商人：天哪！那些窮光蛋把身體所有權抵押給我，一個個窮得連汁都榨不出來，但我還是本著慈善的精神，幫他們度過難關。那些臭氣沖天的身體價錢差得很，我把身體的所有權依部位的不同，分類賣給中盤商，下游業者再競標個別的器官，我可以大撈一筆！但最後，那個人工作搞壞身體，已經毫無商業價值。

他馬的，我們賠掉好大一筆錢。

教授：你不過是個只知道賣肉的臭屠夫，養一隻母狗幫你啃那沒用的
軟骨頭。

商人：養狗？千萬不要幹這種蠢事。你是看投資分析手冊上給養狗三
個 A 吧？但這三 A 是騙外行的，同時捆綁了其他有價商品而
得的評價，例如房子、車子，和美滿的家庭。但分開來看，狗
只是次級商品。所謂次級商品，就是指它的未來發展前瞻性不
足。你看，狗再怎麼養，也不會變成黃金、鑽石或是松阪牛肉，
由此可知，發展性是多麼的小……

均凡：請問你們有看到我妹妹嗎？

畫家：你妹妹？如果是個跟你同等美麗的女孩的話，我一定不會忘
記。她可能沒有來過這裡。

教授：懂音律的女孩是神的恩賜。

商人：我只認識兩種人，正想賣的跟正想買的。

均凡：她知道我的一切，她替我分擔了所有不可告人的事……她變得
安靜沉默，因為說話已經毫無意義……我聽得懂你們的每字每
句，但它們毫無意義……（教授和商人對均凡嗤之以鼻）

畫家：（對教授、商人）閉嘴吧兩位，別淨說些無關緊要的話，打擾
了我們。去找你們的女伴。

教授：所有的女人都圍繞著那個小子。那些女人充滿腐敗衰老的酸味。

畫家：你女兒很新鮮粉嫩嗎？（商人大笑）

教授：我可以告你！

畫家：如果你還沒先被抓起來的話。

均凡：（注意著男人和女學生相擁）他一向如此嗎？

商人：沒錯，如果有人停下來多看他兩眼，都會弄髒了眼睛。他是最
令人絕望的商品！哈哈！我的好兄弟！（拍打教授）

（均凡離開人群，畫家欄住他，遞給他一張名片）

畫家：這是我的名片。有空來找我。隨時歡迎你。

均凡：不用，謝謝……（男人和女學生起身）
畫家：他們要走了喔。

（男人摟著女學生和歌手藏入桌下。場上的眾人慢慢站起身）

教授：真是首好歌。
畫家：你懂什麼音樂。
商人：我從不投資藝術。
畫家：藝術來自人性。
教授：人性就是真善美。
商人：西裝是毛料的。

（教授、商人、女主人、畫家走到均凡面前，各說一句話）

教授：你怎麼知道跟你爸爸做愛的妹妹，不爽快呢？
商人：每個人都渴望參加自己的葬禮。
女主人：我們會成為全天下最幸福的家庭。
畫家：你沒有愛過，讓我來教你。

（教授、商人、女主人、畫家下場。桌底下傳來嬉笑聲，均凡掀開桌布，裡面只有女學生和歌手，衣衫不整、半裸的。男人不知去向）

女學生：他生氣不玩了。我們來玩吧。
歌手：來玩吧！來玩吧！誰要當鬼？
女學生：他是鬼！

（其他人上場，變成群眾）

歌手＆眾人：（指著均凡）你是鬼！（嬉笑奔跑下場）

（燈暗）

均凡：躲好了沒？
眾人：還沒！
均凡：躲好了沒？
眾人：還沒！
均凡：躲好了沒？（沉默，張開眼睛）現在在玩什麼？

（一絲細細的呻吟聲）

均凡：喂。
母　：均凡啊，你在哪裡？

（呻吟聲加劇）

母　：均凡，叫爸爸和妹妹吃飯。

（均凡下場。桌底下傳來唱兒歌的聲音，母走到桌邊）

母　：小妹，叫爸爸吃飯。
小妹：爸爸吃過了。
母　：快去。
小妹：他是妳老公又不是我老公。
母　：賤骨頭。

（均凡帶著衣服、灑水器、熨斗上場。父也上場，可明顯看出父和均凡分處不同時空狀態。父趴在桌上時，小妹從桌子的另一側探出身子。均凡將衣服平放在父背上，均凡和母開始燙衣服，父順著燙衣的節奏強姦桌子，彷彿小妹隔著桌子被父強暴）

均凡：媽，他在摸妹妹。

母　：他很疼小妹啊，這有什麼奇怪的。

均凡：他脫光妹妹的衣服。

母　：小孩子哪。

均凡：妹妹在哭。

母　：妹妹用哭來勒索所有東西。

均凡：他的雞巴跟爸爸一樣大。

母　：大的總比小的好。

均凡：他強暴她！

母　：記得避孕。

均凡：我不知道什麼避孕。

母　：你該學。

均凡：我不要學。

母　：我教你。

均凡：他不能這樣！

母　：每個家都這樣啊。

均凡：才不是。

母　：是真的。

均凡：才不是。

母　：是真的。

均凡：才不是！

母　：是真的。

均凡：才不是！

母　：是真的。

　　　不然誰知道要打開腳，誰知道要放進哪個洞？我們都要先在家
　　　裡學好。我不是早就跟你說過了嗎？
　　　快來吃飯。不要玩了。

均凡：聽我說！聽我說！幹！聽我說！

（父下場。小妹從桌底下現身，手上拿著藥丸）

小妹：爸爸說，妳在飯菜裡下毒，他不想被毒死。

母　：我整天做牛做馬，這是什麼態度？妳手上的是什麼？

小妹：爸爸給我的。沒有毒的。不能吃媽媽做的菜。

母　：他對妳這麼好，只想留妳一個。不吃就算了，反正他已經十年
　　　不吃我煮的菜了。吃下去。全部吃下去。（逼近小妹）

均凡：不可以，不可以吃。（保護小妹）

母　：妳吃啊，妳給我吃啊。

小妹：救命，救命。

均凡：不可以。不可以。

小妹：我不要我不要。

母　：吃下去。吃下去。吃下去。吃、吃、吃、吃。（歌聲響起，眾
　　　人上場，音樂起，歌手唱歌。母轉換為女主人）

（場上眾人，畫家、商人、父、小妹、女學生，轉換成偶劇團成員）

第三場　偶戲

女主人：晚安，各位朋友。歡迎來到我的舞會，請隨心所欲做任何你
　　　　想做的事，吃任何你想吃的東西，愛任何你想要愛的人。祝你
　　　　們有光明燦爛的夜晚，足夠照亮你們無聊、噁心、充滿病痛和
　　　　垃圾、像痔瘡破裂的夜晚一樣漫長的人生。謝謝大家。在舞會
　　　　正式開始之前，請大家欣賞由本地最不受歡迎的超級團體——
　　　　甕中偶戲團，為大家所帶來的開幕表演。（下場）

（偶劇呈現）

說書人：從前從前，有個窮人家的女嬰，被父母賣進雜技團，雜技團
　　　　團長砍斷女嬰的手腳放進甕裡養大。長大以後，她的身體跟甕

緊緊相連，打破甕的話，女孩也會跟著死去。雜技團到處旅行賺錢，女孩長得美若天仙，成為雜技團的第一奇觀，吸引眾人的目光，為雜技團賺進大把大把的鈔票，團長每天都笑得合不攏嘴。團長特別疼愛她，女孩除了不能行動之外，日子稱得上無憂無慮。

歌手：（唸唱）甕裡的孩子 / 沒有手沒有腳 / 一顆心該有的一切 / 一點也不少 / 她將長大 / 知道時針在愛人的手上奔跑

說書人：甕女孩越長越大，開始感覺到孤獨。她愛上了總是在甕裡撒尿的英俊男孩，團長的兒子。她希望有一個可以跟他擁抱的身體。她日夜祈禱、不停祈禱，終於，天神聽到了她的祈禱，被她的愛感動，答應給她一個活生生、可以跟心上人匹配的身體。甕女孩非常開心、非常快樂，但是她又無法割捨尿液浸潤的溫暖感覺。她左思右想，決定趁今天晚上，咬下團長兒子的一塊肉，好讓他永遠對著她撒尿。

歌手：（唸唱）如果你也愛過 / 請不要 / 拿石頭丟那些 / 因愛而犯下大錯的人

說書人：被咬掉一塊肉的團長兒子當場死亡，甕女孩才知道自己鑄下大錯。天神非常生氣，祂決定賜給甕女孩團長兒子的身體，以作為懲罰。甕女孩，長手長腳了，可以奔跑、可以跳躍、可以擁抱了，但她沒有那一塊肉。她是一個沒有老二的男孩，一個失去身體的女孩。她仍然沒有一個可以擁抱的身體，她的身體，不在擁抱的範圍裡。她傷心欲絕，決定向造成她不幸命運的父母復仇！到底，她能不能成功復仇呢？好不容易展開新生活的父母們，要如何面對這個天大的危機？欲知後事，請待下回分解。

歌手：不會有下回了。

說書人：閉嘴！給我音樂！

合唱：讓我出生的那天死去，
　　　讓我死去的那天重生，
　　　我是一隻怪物，

分裂的怪物，
沒有手沒有腳，
沒有長髮沒有笑，
沒有青春沒有老，
沒有你愛我愛我。

讓我出生的那天死去，
讓我死去的那天重生，
我會擁抱我的身體，
我抱著它然後它唱：
「我喜歡你，即使總是分離。
你是那麼適於流血，
適於耕種，種滿一座
雌雄同體的花開花落，
花落以後，
我們會剝蝕成一把土，
然後成為一棵樹，
所有樹葉底下都可以睡覺，
再也沒有無人知曉的惡夢。」

（隨著音樂進行，眾人下場。音樂持續，燈暗）

第四場　家中

（男人和女主人上場，兩人調情、笑鬧）

男人：……不要走。

女主人：看著我說。一個字、一個字說給我聽。（男人不語）我要走了。

男人：（抓著女主人）不、要、走。

女主人：用力一點，再用力一點！把我捏碎吧親愛的！（因痛叫出聲）啊！

男人：（立刻放開女主人）對不起，弄痛妳了。

女主人：要弄痛老娘沒這麼簡單。我最討厭你一副溫柔體貼的樣子，體貼的男人最無聊了，我祈求上帝不要讓我生在北歐，不然我寧可去當女同性戀。

男人：是嗎？

女主人：高喊女性主義的男人都是同性戀，不然就是不舉。

男人：我不用喊的，我都用做的。

女主人：尊重異性？異性怎麼是拿來尊重的呢？誰會想上自己尊重的人？譬如說，上你的老師，上你的奶奶或是，上公園裡面的國父銅像？人在講禮貌的時候血液往腦部衝，下面怎麼會有用呢？……你真可愛……過來。

　　　　我的情人、我的孩子……（兩人擁吻）你這個臭男人。

男人：不要說我臭。

女主人：你整個人都是臭的……你的生活方式是臭的，呼吸也是臭的……你吐出來的氣像毒氣一樣，我都要吐了……你真是令人生氣哪……（親暱、挑逗的）

（兩人親熱一陣，男人突然停止動作）

女主人：你到底有什麼毛病？你行不行啊？

男人：我可能是女性主義者。（女主人賞了他一巴掌，兩人沉默一陣）

女主人：羞辱我讓你很爽嗎？

男人：弄痛妳沒這麼簡單吧？

女主人：關你屁事。

男主：妳應該把我當成路邊的垃圾。

女主人：為什麼還要跟我見面？

男人：這重要嗎？

女主人：你該想想。

男人：我沒興趣想。

女主人：我他媽的很有興趣。

男人：那又怎樣？

女主人：或許那表示了愛的可能。

男人：它或許是。

女主人：它或許會讓你努力成爲一個更好的人。

男人：我或許是。（沉默一陣）

女主人：愛我。

男人：我愛妳。

（男人下場，女主人開始打電話）

女主人：你去死吧，即使這樣說一點用也沒有……你去死好不好……
　　　　我沒有辦法擺脫痛苦，它與我對你的愛相連；我有多愛你我就
　　　　有多痛苦，但如今痛苦遠遠超越了愛……我只能看著你，看著
　　　　我們，你一步一步把我們拉進地獄……跟你在一起的空間就像
　　　　地獄一樣……無人知曉的、由內部慢慢崩壞的地獄。如果不是
　　　　你，我不會如此憎恨你，憎恨我們……但是，我只能像對待腫
　　　　瘤一樣對待我的痛苦……努力的讓它不要在我的血管裡爆炸開
　　　　來，我深呼吸、跑步、在你看不見的地方燙傷自己，對著朋友
　　　　露出一種健康正常的笑……我看著丈夫，有股強烈的衝動說出
　　　　我跟你的一切，但並不是準備以妻子和母親的身分懺悔，而是
　　　　希望有一個人完全接納我的痛苦……痛苦是我們之間唯一的聯
　　　　繫。獨一無二。它還沒長大以前，是愛……你說你愛我，但你
　　　　以一種語帶保留、沒有任何掙扎的方式在愛著我……我對你來
　　　　說，就像閉著眼睛在菜單上隨手一指，立刻端到你面前的任何
　　　　食物一樣。你並不在乎你吃的是什麼……你心中有任何人存在
　　　　嗎？我啊，我最喜歡你的肚子，敲下去的時候，傳來空空蕩蕩
　　　　的回音，一直反覆提醒我，你裡面都是空的。跟你在一起，比
　　　　任何時候都讓我感到寂寞。

（幼年的均凡上場）

均凡：嘿，媽。妳在幹麼？妳在跟誰講電話？

母　：有沒有寫作業？

均凡：我要穿我想穿的衣服。

母　：都看得到屁股了，你想要勾引誰？

均凡：妳有病啊。

母　：講話不要那麼粗魯。

均凡：妳把我養成一個醜八怪。

母　：你是我看過最可愛的小孩。

均凡：今天晚上可以住同學家嗎？

母　：為什麼要去住同學家？別人家的床比我們家的好嗎？夜晚比較
　　　長嗎？媽對你不好嗎？

均凡：妳很好，是我不好。

母　：可以請他們來家裡玩。我很開明，我不古板。

均凡：我已經長大了，我要穿我想穿的衣服。

母　：來，給你。（交出一件東西的動作）

均凡：（接過東西，穿上）我要穿我想穿的衣服。

母　：這個顏色很適合你。

均凡：為什麼要跟老師說我很笨？

母　：我有這樣說嗎？

均凡：妳覺得我很笨嗎？

母　：你是我生的。

均凡：妳愛爸爸嗎？

母　：（頓）愛啊。

均凡：妳知道爸爸做了什麼嗎？

母　：什麼？

均凡：像妳這樣的人應該被關起來。

母　：你說什麼？

均凡：妳應該與世隔絕，離得遠遠的，不要搞砸我的人生。

我一事無成。我比一隻狗還不如。都是妳害的，神經病！瘋
　　　子！殺人犯！失敗的母親！妳跟妳的變態老公都去死！不要用
　　　妳的身分綁架我！（看著母）我絕不可能這樣跟妳說。

母　：你說什麼？

均凡：我要走了。給我鑰匙。

母　：很晚了，不要大吼大叫，會吵醒鄰居。我去睡了。

均凡：站住。我要大吼大叫。我不在乎，但妳不敢丟這個臉。

母　：小聲一點。

均凡：給我鑰匙。

母　：你怎麼了，親愛的。

均凡：我瘋了。

母　：你真可愛。

均凡：我要走了。

母　：怎麼了？我們最近不是過得很好嗎？

均凡：過得跟大便一樣好！妳知道我有多恨妳嗎？妳結了妳並不想結
　　　的婚，生了並不想出生的孩子。而我被迫繼承妳的過錯！

母　：聽我說，乖，今晚你要早睡，你前一天失眠。要喝熱牛奶嗎？
　　　你晚餐幾乎沒吃。寶貝，小聲一點，你只是太累了，明天又是
　　　新的一天，乖，親愛的，你真的太累了，過來。（伸臂擁抱的
　　　姿勢，均凡粗魯的推倒母）

母　：你做什麼？

均凡：妳不可以把我關起來，不可以用血緣定我的罪。

母　：什麼關不關的，你怎麼會有這些可怕的想法？我是你媽，這裡
　　　是你的家。你待在這裡才安全，不要去其他地方。

均凡：這不是我的家！這是妳的家！這是妳的杯子妳的雜誌妳的衣服
　　　妳的孩子，妳自以為是的安全！

母　：親愛的，這是我們的家！

均凡：我恨我們家的味道，又髒又臭。我被醃了，我像一根鹹菜。我
　　　流很多血渾身都是脂肪。我會變老、變笨、變得尖酸刻薄、變
　　　得跟妳一樣。天哪，我無法忍受看到自己慢慢成為妳！

母　：你永遠不可能成爲我，我懂得如何讓自己適時休息，不會像你
　　　這樣讓自己瀕臨崩潰邊緣。
　　　親愛的，去睡一下，好好放鬆你自己。你那麼憂鬱、煩躁，去
　　　休息，什麼都不要想，放鬆人才會快樂。

均凡：妳沒有資格說什麼快樂！我從來沒有看到妳真正快樂。我討厭
　　　妳乾燥的陰部、下垂乳房、被粗糙的肉體摩擦的坑坑疤疤的
　　　心。天哪我以後將會變成這種模樣。它令我噁心。活著，找一
　　　個人結婚，謀殺你們的孩子，兩個人互相殺害！（頓，想起什
　　　麼似的）
　　　爸爸呢？（男人出現，緩緩靠近）

母　：我不知道。

均凡：妳丈夫呢？

母　：我不知道！

均凡：他們是同一人嗎？

母　：你在說什麼？

均凡：他在哪裡？

母　：他一向很少回家。

均凡：我知道，妳殺了他！妳怎麼殺他的？刀子？槍？鐵鎚？電鋸？

男人：小心。（阻止均凡）

均凡：小心——

（男人與均凡進入一段槍戰。男人護衛著母。男人跟均凡把場上的東
西都當成武器）

均凡：告訴我！

母　：你太累了。

男人：她說你太累了。

均凡：告訴我。

男人：（悄聲）是毒死的。

均凡：毒死的。

母　：毒死什麼？

均凡：是毒死的，妳用哪根手指下毒？

母　：下什麼毒？

均凡：妳是不是也想殺我跟妹妹？

母　：那件事是我的不好。

男人：她殺不了你們。

均凡：我要跟妹妹說。她那麼相信妳，她那麼愛妳。

母　：妹妹？什麼妹妹？你在說什麼？

男人：不可以。

均凡：可以。

男人：她也愛你。

均凡：為什麼不救我們？

母　：我累了，可以去休息嗎？

均凡：為什麼要假裝什麼事都沒有發生？

母　：我太累了。

均凡：妳把毒下在哪裡？

母　：我不知道。

均凡：耳朵？眼睛？鼻子？奇異果！

母　：我不知道。

男人：只有妳知道。

均凡：下在哪裡？

母　：我不知道！

均凡：妳老老實實的說吧，我會因此而敬佩妳。

男人：她說她不知道。

均凡：告訴我！

母　：告訴你什麼？

男人：她不知道！

第五場　真相

均凡：好，我跟妳說，我親眼看到的，爸爸坐著，很討厭很討厭很討厭，妳突然失去理智，就像紅燈變成綠燈的一瞬間，妳腳踩著油門，一切都來不及了！妳充滿了怨恨，充滿了不屑，想起以前他做過的事情，想起可憐的妹妹……妳趁他不注意的時候，把這包藥粉，放進他的茶裡。媽媽去拿奇異果了，什麼都沒有看到……他喝了，他一口喝下，他哈哈大笑……然後，砰一聲，他倒了下去，再也爬不起來了！再也起不來！哈哈！他死了！因為我……

母　：均凡，不要想了，快去睡覺，你太累了。

男人：是你殺的。

均凡：爸爸……是我殺的？

母　：均凡，均凡，聽我說——

均凡：什麼時候的事？活該，他馬的……可憐的妹妹、可憐的我、可憐的媽媽……

　　　聽我說、聽我說，幹！聽我說！

母　：均凡！（均凡掐住母）

（男人做了個手勢，燈光音效轉換，母下場）

男人：你想起來了。你曾經告訴我一切，從此你忘得一乾二淨。忘得越多，越可以安心的在這個世界上活下去。我本來希望你永遠不要想起來。很可惜。當你什麼都記得，你就只能逼迫自己不斷逃離；你走得越遠，越有可能走上通往回憶的道路。我們不能停住腳步，只能繼續前進。

均凡：……這是什麼時候的事？

男人：我曾經懷抱著剛出生的狗，柔軟、溫和、弱小，我發誓要全心全意保護牠。但在發誓的瞬間，突然湧現一股野蠻的力量，驅使我想要把狗捏碎，想看牠頸椎斷裂癱軟在手中的模樣。當我

這樣想的時候，那隻狗突然舔了我的手。牠的舌尖溼答答的，充滿了生命力……同時希望死去又希望生存，我無法歸順任何一種。毀滅的衝動天真無邪，無法用言語解釋，它是難以形容的誘惑。即使終其一生壓抑著不做任何毀滅的舉動，但只要毀滅出現，我們就不由自主的凝視著它。

我就是那隻狗，你是那雙架在我脖子上的手。

均凡：你幹麼？

男人：我愛你。

均凡：這是什麼時候的事？

男人：見到你的第一眼我就愛上你了。我愛你，親愛的。（擁抱均凡）

均凡：（推開男人）走開！

男人：你是我理想中的樣子。

均凡：我不要別人愛我。

男人：你爸爸的事不是你的錯。

均凡：為什麼你知道呢？我什麼時候告訴你的？

男人：那不重要，我瞭解你，就像我瞭解我自己。

均凡：你為什麼要跟著我？太奇怪了……

男人：不管你去哪裡我都會去！

均凡：我不要！

男人：我知道你很恨你爸爸，我也很恨。我愛你，你可以相信我。

均凡：我不在乎他，也不在乎你。我要去找妹妹。我一點都不後悔，我早就該這麼做。這是一件天大的喜事，我要告訴她。

男人：我跟你一起去。

均凡：你走開！我不要你跟著我！（奔下場，男人跟著下場）

第六場　往回憶走去

（司機上場）

司機：請問有人叫車嗎？

均凡：我。

司機：麻煩一下，車停在停車場。（兩人上車）

均凡：嗯，抱歉，我沒有錢。

司機：沒有錢還叫車？（回頭盯均凡）

均凡：我們是不是在什麼地方見過？

司機：（覺得莫名其妙）唉，好吧，既然你人都上車了，我就好人做
　　　到底，送佛送到西，載你一趟吧。

均凡：謝謝。你原本就是做這行的嗎？

司機：我的老本行是吃喝玩樂，現在不行了。你不要看我這樣，An
　　　apple a day keeps the doctor away。

均凡：嗯……？

司機：一天一顆蘋果使醫生遠離！我以前超愛讀英文的。也很會玩就
　　　是了。A rolling stone gathers no moss。

均凡：滾動石頭不生苔。

司機：哈哈，不錯喔，果然是大學生。Art is long, life is short。

均凡：人生苦短，學海無涯。

司機：我們該不會剛好看到同一本書吧？A fox smells its own lair first。

均凡：嚴以律己。

司機：A burnt child dreads the fire！

均凡：一朝被蛇咬，十年怕草繩。

司機：A friend in need is a friend indeed！

均凡：患難見真情。

司機：喔喔！厲害！大學生哪！來個法文！（聲音變得奇異）Déjà
　　　vu。

均凡：……既視感……意思是，好像在哪裡見過、好像在哪裡見

過……。你爲什麼知道我是大學生？

司機：（態度突然轉變）你好像在哪裡見過我呢……？你好像在哪裡
　　　做過一樣的事……？那是什麼事？你曾經看過接下來會發生什
　　　麼事，那是什麼事？你不是在夢裡，你在一個永遠無法逃離的
　　　現實……你曾經在什麼地方看過我的臉？你上一次看到自己的
　　　臉是什麼時候！

均凡：啊——！

（一名下半身癱瘓的遊民上，丟出手上的拐杖阻止司機）

遊民：你想幹麼！（司機下場）
　　　（對均凡）你沒事吧？

均凡：沒事。謝謝你。（盯著遊民看）

遊民：怎麼了？

均凡：沒事。

遊民：方便的話，聊聊天如何？

均凡：好啊。我在找我妹妹。請問你是？

遊民：我住在街上。可以定義我是誰的事物——家人、朋友、身分證、
　　　職業——我都沒有。我只是個遊民。

均凡：嗯，抱歉，我沒有侮辱的意思。不過，你看起來不像我想像中
　　　遊民的樣子。

遊民：很多人看起來也不像我想像中的樣子。像你，一定跟我想像中
　　　的完全不一樣。

均凡：你以前是做什麼的？

遊民：我以前是學校的教授。我結過婚，有一個女兒跟你差不多大。

均凡：嗯？爲什麼不當了……可以問嗎？

遊民：你相信人在選擇的時候，會下意識的做出會毀滅自己的決定
　　　嗎？

均凡：嗯……什麼意思？

遊民：在理智清楚的時候，他設想自己會做出符合正確利益的決定。

但是，可能才過了一秒鐘，他內在有個強烈的聲音出現，逼使他做出一個最糟糕的選擇，即使這會使生活陷入無窮無盡的痛苦和混亂……

均凡：嗯。

遊民：我就是做了這之類的事，然後，以前的日子就再也吸引不了我了。不是說我不喜歡以前的時光，只是，回不去了。我也不想回去。（沉默）

　　　據說我強暴了別人。

均凡：據說？

遊民：有時候一件事你明明沒做，但大家都指證歷歷，就好像你真的做了。你強暴了一個沒有被強暴的人，殺了一個不是你殺的人。每個人都說我有做，弄到我現在我也不知道我到底有沒有做；甚至，我也不知道我是不是有結婚、有一個女兒。

均凡：嗯嗯……什麼意思？

遊民：他們說，我強暴的對象是我女兒。可是，我怎麼可能做出這種事？我女兒耶！既然那是我女兒，我就沒有強暴；不過，要是我真的強暴了，那就不是我女兒。但是，大家都說我真的做了強暴這件事，所以，那不是我女兒。

均凡：對不起，我聽不懂你在說什麼。

遊民：她幫我吹而已。她需要錢，我有給她錢，一毛都不少。我只是想要人幫我吹而已……已經好久沒有人幫我吹了……真的很久……我沒有強暴，真的沒有。（抓住均凡）

　　　你可以幫我吹嗎？我給你錢。

均凡：我不是你女兒。（轉身離開）

遊民：我沒有女兒！你要去哪裡？

均凡：我要去找我妹妹。

遊民：快找到了。

均凡：嗯？

遊民：只要你想就找得到。

均凡：謝謝。（下場）

遊民：任何地方只要往前走都會到。如果我有錢，就找你幫我吹。

第七場　旅館門口

（場景是間破爛、帶有衰敗氣息的旅社。旅社老闆娘坐在櫃檯前。時鐘指著八點）

（男人上場，身穿女裝。旅社傳來台語老歌）

男人：（陰柔的）大姐午安，喲，妳的鐘壞了喔。

旅館老闆娘：（頭也不抬）東西都會壞。

男人：八點？這裡很適合天天演八點檔。

旅館老闆娘：（頭也不抬）對啊，我常常覺得我很像八點檔的女主角咧。

男人：呵呵……給我一間房。

旅館老闆娘：（拿出登記簿本和鑰匙）簽名，錢，鑰匙。
　　　　　啊那個……性別欄幫我填一下齁。（頓）啊不填也沒關係啦！

男人：大姐，房間沒有分啊？

旅館老闆娘：有啊，死過人和沒死過人的。（繼續做自己的事）

男人：喔……大姐謝謝。對了，麻煩妳，要是我沒說可以的話，不要放任何人進我的房間。

旅館老闆娘：好。

（女友上場）

女友：老闆妳好。

旅館老闆娘：好。

女友：（拿出照片）請問妳有看過這個人嗎？

旅館老闆娘：（看了看照片）沒見過。

女友：我朋友說，前幾天在這附近看到跟他很像的人。

旅館老闆娘：那應該去問妳朋友，怎麼來問我呢？

女友：謝謝……。

旅館老闆娘：男人嘛，管不住的。妳還在念書吧？看妳長得也乖乖的，
　　　　　　大姐勸妳一句，把時間花在男人身上，不如多念點書，學個一
　　　　　　技之長。妳可以學那個畫畫啦、做菜啦——

女友：我們以前在一起過，現在是朋友。他失蹤好幾天了，他家人非
　　　常擔心，我跟他們家人很好。之前聽說有人在附近看過他……

旅館老闆娘：失蹤啊……

女友：嗯，這張照片給妳貼起來。如果妳看到長得像他的人，麻煩通
　　　知我。

（房內傳出一男一女的吼叫）

（旅館老闆娘抄起櫃檯上的物品，往門上一扔，這才安靜）

旅館老闆娘：我會幫妳留意，不過我們這沒什麼正經人，都是在外面
　　　　　　跌個稀巴爛，高不成低不就，巴著個三流貨色勉勉強強過活，
　　　　　　男的一直偷吃，女的拚命抓姦，一天不這樣玩，就渾身不對勁。

女友：嗯……。

旅館老闆娘：有什麼消息再通知妳吧。（把尋人照片貼出，照片中是
　　　　　　男人）

女友：謝謝妳。（下場）

（房內的爭吵聲又再度變大，旅館老闆娘走到門邊喝斥了一聲，將休
息中的牌子掛出，下場。均凡上場）

均凡：（回頭看）到底是怎麼了，為什麼老是遇到奇怪的人。（看
　　　了看鐘）八點……八點了，八點好像會發生一件非常重要的事
　　　情……（環顧四周）我好像來過這裡。

（小妹上場。妹妹歌響起）

均凡：原來妳在這裡！

小妹：你來了。我們等你很久了。

均凡：你們？你們是誰？

（小妹比了個「噓」的手勢，拿起均凡的 DV，按下播放。開朗明亮的音樂進。男人和女友及女友 A、女友 B 上場，女友 A、女友 B 是兩個看不清楚臉的女子。四人用紙娃娃般的肢體演出誇張的愛情戲碼，男人拒絕了三個女人。均凡看得發笑，小妹拿著 DV 按下暫停，再對著全部的人按下播放。以下片段均凡的姿勢與男人完全相同）

女友：她會晚到。

男人：跟平常一樣。

女友：跟平常一樣。

女友 A：你們做了嗎？

男人：做了。

女友：（頓）你有爽嗎？

男人：跟妳還是跟她？

女友 A：不要這樣跟我說話！

女友：你跟她在一起因為她給你錢。

男人：我需要錢。

女友：你這爛貨。

男人：對不起。

女友：你把我甩了。

男人：是妳把我甩了。

女友 B：我怎麼能忍受看到你爬上她的床？

男人：的確無法忍受。

女友 B：你去死吧。

男人：我目睹太多人死去。

女友：不差你自己一個。

男人：我太老了。

女友：你活著就是一種傷害。

男人：我知道。

女友Ａ＆Ｂ：你的臉令人噁心。

男人：我有同感。

女友Ａ＆Ｂ：告訴我怎樣才能讓你痛苦。

男人：痛苦是我的常態。

女友Ａ：你他媽的自以為是。

男人：對。

女友Ｂ：為什麼你不去死？

男人：我也很困惑。

女友：你愛她嗎？

男人：誰？（頓）

　　　　不。從來沒有。

女友：你到底想要什麼？

男人：我們可以回到以前的樣子。

女友：以前。（以下段落，女友＆Ａ＆Ｂ以無法抑止、快速且激烈的訴
　　　說）不管睡哪邊都右腳下床。不知所云的哭不知所云的笑，不
　　　管等人等多久都說我剛到，轉身的瞬間像要摔倒……

女友Ａ：早上親吻我的頭頂像吻一個孩子晚上擁抱我直到滿身是汗，
　　　我們的屋頂像鍋蓋這麼小。

女友Ｂ：整夜規劃在清晨慢跑。不閱讀不看報總是閉著眼睛痛哭。

女友＆Ａ＆Ｂ：我說我愛你，我以為這句話永遠不會變。

女友：不可能。我永遠不要再見到你。你騙了我。（女友、女友Ａ、
　　　女友Ｂ一起下場）

均凡＆男人：在我欺騙任何人之前，我必須要先騙過我自己。（兩人
　　　互看）

男人：（看著均凡）你來了。

均凡：跟她分手已經是過去的事了。她還是不知道真相。

男人：這不是你決定的嗎？

均凡：是我們一起決定的。

男人：她來找我們。

均凡：是嗎？

男人：但我們已經不會被找到了。

小妹：我要走了。

均凡：妳要去哪？

小妹：我從未存在過，親愛的姊姊。（拉起男人）我們該出發了，葬禮快開始了。

男人：那是個年輕男孩的喪禮，非常溫暖，一滴雨也沒有下，冬天。很溫暖的葬禮，很多人都來了。

小妹：你認不得他們的臉，你大吼大叫希望有人把他們趕走，莫名其妙不知所謂的人，只認識死者的死但他生的一面卻無人知曉。他即將被熊熊烈火吞噬，他的身體是這麼潮溼整個靈堂將滿布黑煙，必須不斷上前擦拭照片好讓人明白死的到底是誰。他們都有一雙紅眼睛，最好就此瞎掉。

男人：當我長到某個歲數的時候，我突然有一種感覺：天哪，我是那種不長命的人。不是說我會很毀滅很憤世，我只知道，這是無法逃避、注定好。道路其實已經決定好了。我們。

小妹：你的痛苦你一直帶在身上，為了分擔它們，你創造了一個活生生的我來分擔你的痛苦。我什麼也不是，只為你一人存在，直到你死亡的時刻到來。

男人：我們身上發生的那些看起來好像很悲慘的事情，並不會真正困擾我們。

均凡：真正的痛苦獨立於事件之外，在四下無人的時候蠢動著，隨時準備捕食我們。

男人：在我們毫無防備的時候，直衝而來……就這麼直衝而來……不知道從什麼地方……（頓）

均凡＆男人：我們只是剛好被撞倒了。（兩人一起倒下）

第八場　真正的真相

（女友、父、母急奔上場，均凡、男人、小妹看著他們）

母　　：這是真的嗎？

女友：我，我也不曉得……

父　　：妳快去問清楚！

（旅館老闆娘上場）

女友：妳說妳看過照片中的人？

旅館老闆娘：我看過照片裡面的人。幾天前他一個人住進來，然後就
　　　　沒有離開過。他要我不可以打擾他。因、因為他住進來的時候
　　　　穿的是女裝，所以，我一時沒有想到。

母　　：我兒子穿女裝？

父　　：是哪一間房？

旅館老闆娘：這邊走。（下場）

小妹：我要去參加葬禮，我先走了。路會很遠。（下場）

（房內傳來母的哭叫）

母　　：均凡！（一陣吵嚷）

父　　：不要靠近床上！我們等警察來……

女友：伯父，這台 DV 是均凡常常帶在身邊的……

（葬禮音樂進，葬禮開始）

（投影進，均凡在第一場的錄影，但出現的影像是原本以為是「男人」
的「真正的均凡」。以下影像中由男人飾演男均凡）

男均凡：如果有人未經我允許看到這個畫面，表示我已經不在人世了。

現在時間是早上八點，真正的八點。我會在今天死去。

爲什麼今天會死？

因爲昨天沒有死罷了。

我一生都在期待今天的死。

不需要任何勇氣和決心，只因爲一個鈴聲。

有點意外但很輕鬆。

（以下漸小聲，被場上的男均凡和均凡的聲音蓋過，男均凡和均凡在擁抱親吻，猶如找到自己失落的那部分。參加葬禮的人一個個出現，給予均凡祝福）

我是一個有病的人，我是一個邪惡的人，我是一個醜陋的人。我相信我的肝臟有病，但是，關於我的病，我什麼都不知道，我不知道在我體內騷擾的究竟是什麼。我因這種種困頓而自虐自殘，我隱隱感覺，我已經準備好要炫耀我的病……我向別人顯示它們，以此自娛；我也透過一再觀看它們，獲得安慰……事實上，我不僅不能變成痛苦的人，我根本不知道如何變成任何一種東西……不懂得如何邪惡，不懂如何仁慈；不懂如何成爲壞人，也不懂如何做好人；不懂如何成爲英雄，又不懂如何當禽獸。

我從不說謊，也從未誠實；

我不斷說話，但我又聾又啞。

又窮又普通，從來沒有性高潮，沒有任何人認識我，做任何事情都半途而廢……這樣的我，僅僅只是活著的我。不是想死。只是不想活而已。

我叫做均凡，即將一如往常的死去。

（場上均凡和男均凡擁抱撫摸，愛憐橫溢，歡欣無限）

均凡：不可思議的黑暗中，雨，雨，雨，不斷的雨，溫熱的雨、溼熱

的雨，烏雲任憑雨水刺穿，有孔卻無光，三更半夜遊遊蕩蕩不知該到哪裡去。

男均凡：融為一體合而為一。在我的夢中你渾身溼透流著淚向著在夜色中赤裸的我走來。

但我已不做夢。能入睡就是我的夢。

那個夢噁心極了我只能睜開眼讓睡意從我的眼角傾瀉而出。

我喜歡你，你一切美好。

請教我走路，教我穿裙，哺乳，自慰和高潮。愛撫我一如愛撫你。

我夢中的乳房，夢中的陰道，我從這裡學會行走的目的，走到你裡面，成為你的血和肉。

均凡：我離開過，但我現在回來了。抱緊我，不要再讓我溜走。

男均凡：（與均凡同步、動作一致）你離開過，但你現在回來了。

均凡：我看著你長大。

男均凡：你是我想要成為的樣子。

兩人：我身在此處，既非女人，亦非男人；既是男人，亦是女人；曾經生，也曾經死。我們合而為一，成為全部，成為虛無，我們緊密不分離。

（小妹出現，遞出一枝帶著新鮮綠色樹葉的枝椏，兩人伸手握住）
（燈暗）

—— 全劇終 ——

甕中舞會

《甕中舞會》首演資料

——私立文化大學戲劇系第 43 屆畢業公演——

演出日期：2009 年 3 月 19 日－ 22 日

演出地點：皇冠小劇場

編劇／導演：簡莉穎

執行製作：林品秀

舞台監督：高薇婷

舞台設計：郭錦玲

小道具設計：鄭欣

燈光設計：陳郁凱

音效設計：謝佳敏、何亞駿

服裝設計：李育臻

化妝設計：柴仲思、黃郁雯

演員：王肇陽、盧侑典、黃凱群、朱家儀、張芳瑜、鞠琮穎、謝靖雯、
　　　葉佩韋

《甕中舞會》創作起源

　　這齣戲是我文化大學的畢業公演，我的第一齣長劇，自編自導，2008 年到 2009 年經歷排練完成，2009 年於皇冠小劇場演出。我在這齣戲之前的經驗僅有課堂習作，以及在日日春關懷互助協會參與行動倡議劇團「嘿咻綜藝團」時，編導演的短劇〈我們〉。

　　大三升大四暑假前，朱宏章老師開放全班投畢製企劃書，只有我跟一位男同學交件。我投了兩個企劃，一個是自編自導的故事構想，一個是導奧地利劇作家維那 · 許瓦布（Werner Schwab）的《歐風晚餐》*。因戲劇系歷年公演多半演出外國劇本，而我也不確定自己是否真有能力自編自導，因此，《歐風晚餐》是我擔心自己沒有能力自編自導，而提出的備案。朱老師看了企劃書之後，只說：「妳對自己創作的熱情高很多耶，企劃書完整多了。」完全被他看穿了。

　　於是，那年暑假我關在家中寫劇本。當時的我幾乎沒有劇本概念，沒有結構概念，沒有角色概念。劇中人該怎麼行動、說話，只能先從腦中的畫面著手；語言上模仿我喜愛的翻譯劇作、小說，參考杜斯妥也夫斯基（Fyodor Mikhaylovich Dostoyevsky）、莎拉 · 肯恩（Sarah Kane）、寺山修司等人的作品。最終，完成當年度的畢業公演作品。

　　創作畢竟是由模仿開始。

* Werner Schwab , *Übergewicht, unwichtig: Unform. Ein europäisches Abendmahl / Overweight, unimportant: Misshape-A European Supper*, 1991.

第八日

哥哥：
雞吃的是玉米，我也是。你吃什麼，你就會變成什麼。
你知道我們墨西哥人都是玉米作成的嗎？

劇中人物：

　　　墨西哥一家人　媽媽

　　　　　　　　　　哥哥（加里）

　　　　　　　　　　妹妹（娥蘇拉）

　　　美國一家人　　明莎（小女孩）

　　　　　　　　　　太太（明莎之母）

　　　　　　　　　　先生（明莎之父）

　　　警察1（審問加里的刑警，官階高）

　　　警察2（審問加里的刑警，官階低）

　　　瑪麗（環保人士）

　　　約翰（環保人士，瑪麗的丈夫）

　　　薇拉（法國人）

　　　馬奎茲（墨西哥地方官員）

　　　時間之神

　　　醫護人員

　　　記者

　　　交通警察

　　　環保人士1、2

　　　廚師們

（一家三口的晚餐，媽媽、哥哥、妹妹被桌子壓在底下。觀眾以俯視的角度觀看）

媽媽：今天是聖誕夜，來吃聖誕大餐吧。

（哥哥準備盛盤。媽媽伸出手，哥哥和妹妹也伸出手彼此握住。媽媽禱告）

媽媽：主啊，感謝祢賜給我們今日的食糧，求祢降福於我們，並降福祢所惠賜的這頓飯……（睡著）

（哥哥和妹妹將媽媽搖醒）

媽媽：喔，抱歉，我的孩子，我太餓了。（伸手）來，（哥哥、妹妹伸出手）哥哥，你可以帶我們禱告嗎？
哥哥：好的。親愛的主啊，希望祢讓美國變成地獄，種不出玉米，希望祢讓載滿玉米的船沉沒在墨西哥灣，希望祢讓美國的玉米變得跟屎一樣難吃，吃了會變成智障和娘娘腔，大家都會來買我們種的玉米，我們的玉米變得跟披頭四的專輯一樣暢銷，阿們。
妹妹＆媽媽：阿們。（媽媽打開桌上的盒子。盒子裡一個玉米罐頭）
哥哥：（拍桌）我不吃！
媽媽：孩子，乖，你吃裡面的肉，媽媽吃皮。
哥哥：不，媽，妳不能吃皮。皮沒有營養。
媽媽：沒關係，媽媽只要有酒就夠了。（拿出一堆酒。拿出酒，倒酒喝，打開罐頭）有一張紙條，上面寫什麼？
妹妹：（靠近媽媽的手）我來看看。
（唸信）「Amigo～我在屠宰場工作，今天早上醒來，又有一個工人不見了。幾乎每天都會有一個工人不見，不知道跑去哪了。我知道公司會固定洗掉工人，公司會派人去洗沙漠的養雞

場，一去就回不來了，移民局會來抓他們⋯⋯狄亞哥說，乾脆早點去沙漠吧⋯⋯

他每天幻想的沙漠的恐怖可能已經遠遠超過沙漠本身的恐怖了⋯⋯

我發現我手上的傷口都無法癒合，我已經快找不到可以握筆的皮膚了──狄亞哥說，少抱怨兩句，你又不是女人──我聽到養雞場開大門的聲音，我該工作了。」

工作？這張紙條說在美國的工廠有工作。

媽媽：妹妹，妳認得每一個字！妳好棒！

哥哥：媽，我想去美國工作，玉米都賣不出去，家裡太窮了。

妹妹：媽妳就答應哥哥吧。

媽媽：我沒有不答應啊。那妹妹，哥哥去美國工作，妳要做什麼？要不要當老師？妳一定可以當一個很好的老師，妳看妳每個字都認得。

妹妹：不，我不要當老師，我已經找到一份最有前途的工作了。

媽媽：是什麼呢？

妹妹：我決定要去一個有錢人家裡幫傭。

媽媽：幫傭？不！

妹妹：怎麼了！

媽媽：真是令人太開心了！太開心了！我希望每個禮拜有一箱啤酒。

妹妹：媽媽，不行，妳不能喝酒，妳把所有的錢都拿去買酒。

哥哥：沒關係，我們村子的水被污染，不能喝了。

妹妹：現在能喝的東西只剩下可樂或是啤酒。

哥哥：媽媽絕對比較適合喝啤酒。

妹妹：每個禮拜一箱啤酒。

媽媽：好棒，媽媽睡一下。等媽媽睡醒，就會看到一箱啤酒出現在我眼前，對吧？

第八日

（媽媽睡去。兄妹兩人爬出桌下，萬分狼狽，彷彿匍匐爬行過國界。

槍聲響）

哥哥：我要去工作了，我要從邊境偷偷跑進去——

妹妹：我也要去工作了，我要從邊境偷偷跑進去——

（哥哥和妹妹突然站起身往前奔跑，後面有警察在追趕）

哥哥：糟糕，會被抓到！

妹妹：怎麼辦？

哥哥：我往右，妳往左，Go！

妹妹：如果我被抓到，你不要管我！

哥哥：如果我被抓到，妳不要管我！

妹妹：一定要有一個人活下去！

哥哥：對！

妹妹：你要活下去！

哥哥：妳要活下去！

（槍聲響起，兩人臥倒）

警察：算了，就讓他們逃跑吧。總是需要有一些人來幫我們掏出雞的
　　　內臟或是打掃房子。（下場）

（母親依然躺在地上，呈現醉醺醺的樣子）

（妹妹和哥哥在場邊呈現出兩人工作的狀態：妹妹不斷的擦桌子，哥
哥在殺雞。兩人一面忙碌的工作，一面換上工作的服裝）

（燈光轉換。電話鈴聲響起，媽媽醉醺醺的爬起身，緩慢的接起電話。
媽媽一接起電話，場邊的人立即改扮演妹妹工作的家庭）

媽媽：哈囉，妹妹？妳已經在外面工作兩年了，今年大表哥要結婚，
　　　妳要不要回來參加婚禮？

先生：娥蘇拉，我的車也太髒了吧！

明莎：喂我要吃飯！

媽媽：好吧，沒關係，媽咪知道妳很忙。媽咪今年沒有要去市場，今
　　　年玉米價格太低了。拜拜。

（媽媽拿酒喝，睡著。時間之神登場，將媽媽的頭髮變白）
（媽媽伸手撥電話，電話鈴聲進。場邊的哥哥一接起電話，就進入哥
哥的工作模式。場邊的其他人都變成雞在叫）

媽媽：哈囉，哥哥？你已經在外面工作五年了，今年二表哥要結婚，
　　　你要不要回來參加婚禮？

（「咕咕咕咕」的雞叫聲越來越大，場邊的人走到媽媽旁邊大聲的叫。
哥哥一邊聽電話一邊抓雞）

媽媽：好吧，那些雞好吵啊。媽咪還是沒有要去市場，今年玉米價格
　　　太低了。拜拜。

（媽媽拿酒喝，睡著。時間之神把媽媽的頭髮變得更白）
（電話鈴聲響起，媽媽接起電話）

媽媽：哈囉，妹妹？妳在外面工作八年了，大表哥又結婚了，妳要不
　　　要——哥哥呢？哥哥都沒有打給我……媽媽先去碼頭等妳，妳
　　　沒來的話我就先走。

（媽媽掛上電話，下場）
（轉場，場上一個門框）
（明莎上場，準備要出門，但太胖了卡在門上）

明莎：（氣喘吁吁）本人，已經好幾年沒有涉足外面腐爛的世界，一
　　　直保持著少女的純潔，可是要一直保持純潔是要付出代價的。
　　　有人一直戴著一頂帽子，就說帽子是他的頭和世界的邊界。我

一直穿著這扇門，這扇門就是我的身體跟世界的邊界，但是邊界的另一頭有些什麼東西呢？邊界存在的目的就是讓人不斷的想去超越邊界……（使勁拔了兩下，身子仍然出不來）好，算了，要保持純潔，我還是不要對外面的世界那麼好奇。

（妹妹提著東西要出門）

妹妹：小姐？是明莎小姐嗎？

明莎：來者何人？

妹妹：我是娥蘇拉，在你們家煮飯打掃，已經五年了。

明莎：什麼什麼拉？我從來沒看過妳。

妹妹：是的，因爲小姐常常待在房間裡，很少出門……門？小姐妳、這個門——

明莎：（搶話）妳怎麼知道我就是明莎？

妹妹：喔，那是因爲——

明莎：因爲我很胖嗎？因爲我比一般十二歲小孩更胖、更醜、更臭，所以妳一眼就認出我是明莎嗎？

妹妹：（不敢接話，轉移話題）小姐，不介意的話我要出門了。

明莎：回答我呀！妳是不是覺得我很胖！

妹妹：胖還是瘦，都是你們的事，我沒有權利干涉——

明莎：妳不回答我就跟我雙親說妳侮辱我！

妹妹：小姐——

明莎：在我們家肥胖是禁忌！妳絕對不能說「肥」這個音！像是飛機、斐濟這些話語妳都不能吐實！

妹妹：借過，我要出門了，我要遲到了——

明莎：不行妳不能出去，因爲妳公然侮辱我——

妹妹：小姐，我在想啊，妳一直跟那扇門……妳該不會，被門卡住了吧？

明莎：妳說了！妳說了那個字了！

妹妹：我說的是「卡」，不是「fe」——

明莎：妳說了！妳說了！

（妹妹站立著，一副不知道該做什麼的樣子）

明莎：妳要去打電話嗎？

妹妹：喔、喔！（走到桌邊，打電話）

明莎：妳要做什麼⁉打電話？妳敢跟警察說我被卡在門上我就咬舌自盡！

妹妹：哈囉，媽咪？我是娥蘇拉——會我會去，但會晚一點到，因為發生了一些問題……哥哥喔，我也不知道，等等再打給他。

明莎：誒！妳在幹麼！誒——！

妹妹：沒有啦，就是我說的「有一些事情」，妳要記得帶一箱玉米給姑媽，不要帶酒，妳一定會路上把它喝掉。好了先這樣，拜拜。（看著明莎）我只是打給我媽。好了，妳被卡住，害我出不了門。我想我們都希望妳趕快出來，乖乖跟我合作，知道嗎？

明莎：哼！

（燈暗）

哥哥的旅程 1　玉米田到屠宰場

（場景為一偵訊室。一桌二椅，偵訊室旁有旁觀的人數名，旁觀者手持報紙，似乎在看，大張報紙擋住他們的臉）

（警察 2 帶哥哥上，將哥哥甩在椅子上，非常凶狠。警察 1 上台，阻止警察 2，將哥哥扶起，幫哥哥梳頭髮、整理衣服，在哥哥旁邊放了一瓶飲料和食物）

警察 1：你看起來過得挺好的。（對警察 2）是吧，他看起來很棒吧？

警察 2：是的，長官。

警察 1：我們這裡對人友善，是舉世公認的吧？

警察 2：當然，長官。

警察 1：不會有人誤會我們虐待他吧？

警察 2：不會，長官。

（警察 1 跟哥哥自拍；警察 2 拍哥哥的犯人照）

（照相完後，哥哥要吃東西，被警察 1 拿走，自己吃起來，一邊吃，一邊示意警察 2 架住哥哥）

警察 1：上次問到哪了？喔你爸是怎麼死的？

（旁觀者一起振動報紙，造成聲響）

哥哥：就、那時候沒有去上學，幫爸爸種玉米。美國玉米進來以後，我們的玉米價錢很差。爸爸說，那就種更多，然後賣更多。可是大家想的都一樣，都種更多，可是賣不了這麼多，太多了。玉米堆到穀倉的屋頂上去。有一天爸爸不見了，我們在穀倉發現他的屍體，壓在玉米堆裡面，是一個意外……啊，媽媽說他是故意的……

警察 1：你們沒有改種其他作物嗎？

哥哥：沒有，沒有錢而且不會──

警察 1：有，或沒有。

哥哥：沒有。

警察 1：沒有？所以你們明知道售價低廉，但仍然選擇繼續種植玉米，比以往更大量的種，是嗎？

哥哥：是的，可是那是因為──

警察 1：你說是的？

哥哥：嗯？

警察 1：他說是的，啊？（對警察 2）

警察 2：是的，長官。

警察 1：然後你就跑來美國工作？

哥哥：就是，我妹妹拿傳單回來——

警察 1：什麼傳單？

哥哥：招募跨國勞工的傳單，你不是很瞭解嗎？

（警察 2 持警棍重重敲打桌面。旁觀者振動報紙，造成聲響）

警察 1：喔，原來你識字啊。識字啊，很好。（示意警察 2 開始進行
　　　　肉體上的壓迫）你們以前就是跟我們公司買飼料的嗎？

哥哥：不是，是跟村子裡的人買的。

警察 1：為什麼換了？

哥哥：因為跟公司買比較便宜，大家都買公司的，餵了幾次以後覺得
　　　　村子的比較好，但已經買不到了。

警察 1：為什麼？

哥哥：因為後來賺不到錢，那個人自殺了。

警察 1：那不就是你們害的嗎？

（哥哥站起來，旁邊看報紙的人一起把報紙放下，看著哥哥。哥哥在
注視的壓力下停止動作）

警察 1：坐下。

（哥哥坐下）

警察 1：在我們公司的第一份工作就是做屠宰工嗎？

哥哥：對。

警察 1：你喜歡嗎？

哥哥：不喜歡。

警察 1：嗯，不過廠房設備很棒吧，也有住的地方？

哥哥：嗯。

警察1：常常都有雞肉跟蛋可以吃，不是很好嗎？

哥哥：那些雞不像我老家的雞，牠們沒有嘴巴沒有翅膀，沒有腳，只
　　　剩下可以吃的身體，有一種藥水的臭味。我現在都不敢吃雞。

警察1：你當我白痴啊？講一些我不知道的。

哥哥：你不知道什麼？

警察1：我怎麼知道我不知道什麼？你就講啊。

哥哥：雞吃的是玉米，我也是。你吃什麼，你就會變成什麼。你知道
　　　我們墨西哥人都是玉米作成的嗎？

警察1：不，人是按照上帝的樣子作成的。

哥哥：墨西哥人也是嗎？

（兩旁看報紙的人放下報紙。電話鈴聲從天而進，警察1、2往上看，
一臉驚恐樣。電話鈴聲結束，警察變得更凶狠）

警察1：這些不是重點！

哥哥：喔。（頓）重點是什麼？

警察1：公司能做的都做了。

哥哥：是嗎？

（電話鈴聲從天而進，警察1、2彷彿承受某種壓力，逼近哥哥）

警察1：你來這裡工作，是你自願的，為什麼別人能撐下來，你不能？
　　　這世界就是弱肉強食，不要把一切都推到社會不公平。

哥哥：公司可能有好的地方，但大部分的狀況是——

警察1：我瞭解了。（對警察2）來，你把它打成報告，重點是，公
　　　司有好的地方。

警察2：是的長官。

哥哥：我還沒講完。

警察1：時間到了，我超時工作我也是辛苦的勞工啊，誰要來同情我？

人權團體會幫你們有色人種，可不會幫我這個白人，就是一群
念書念到腦子壞掉以為自己能拯救世界的大學生。（對警察2）
來，把他帶下去。

（警察2要抓住哥哥）

哥哥：那些雞吃玉米，到屠宰場，（電話鈴聲進，兩名警察往上看。
　　　電話鈴聲響得更為兇猛，兩警察開始阻止哥哥說話。鈴聲分三
　　　批進入，越來越吵雜）我種玉米沒有錢，也到屠宰場；我切牠
　　　們用玉米做成的肉賺錢，買玉米吃。我是一個玉米人。我會，
　　　一邊吃玉米和玉米做成的肉，一邊切牠們……

（哥哥被警察2弄昏，趴在桌上）

警察1：十分鐘後把他叫起來。
警察2：是的長官。
警察1：確定他的精神狀態穩定。
警察2：是的長官。
警察1：（站在房門口）他沒醒來的話，就直接按他指紋。（下場）

（燈暗。黑暗中，媽媽上場）

媽媽的旅程 1

（媽媽一副醺然陶醉樣，拿著酒瓶）

媽媽：我今天要去參加婚禮……參加了那麼多婚禮，就是參加不到我
　　　兒子女兒的婚禮，可以一直結婚真好哪！真有活力！（伸手拿

起袋子，發現手上的酒瓶）哇！見鬼啦！這個（忍不住喝了一口）……怎麼會在這裡！娥蘇拉看到一定會罵我！（順手把酒塞到袋子裡，呆了半晌）爲什麼當媽的要被女兒罵啊，哼，我才沒有酗酒，她怎麼可以這樣講，氣死我了……（邊碎念邊又喝數口）誒，我好像喝太多了，這樣豈不是被娥蘇拉說中了……哼……這不行，等等在路上絕對不可以喝……可是……嗯啊，對，除非，聖母瑪利亞，除非路上遇到的人都要喝酒，爲了表示我的友誼和禮貌，我當然要跟他們一起喝！好，出發！（上車）

（薇拉以及環保人士瑪麗、約翰上場，呈現在車上的場景）
（瑪麗和約翰在旁邊練習著呼口號、策劃戰略）
（媽媽抱著袋子，袋子裡露出幾根玉米，媽媽打著酒鼾，睡得很熟。薇拉不停的拿著藏傳佛珠喃喃祝禱）
（一個煞車，媽媽袋子裡的玉米滾到環保人士約翰和瑪麗腳邊）
（約翰撿起玉米，拿到瑪麗面前）

瑪麗：喔買尬！你覺得她是農民嗎？
約翰：嗯！
瑪麗：我感受到一股巨大的力量，驅使我去跟她說話。

（瑪麗擠過薇拉走到媽媽身旁。薇拉略略皺眉，感到不悅，但仍然繼續算佛珠）
（瑪麗跟約翰都用著類似電子辭典或 Google 語音翻譯的外文腔調說話）

瑪麗：哈囉妳好，我是瑪麗——
媽媽：蛤？
瑪麗：我是瑪麗，他是——
媽媽：蛤？

瑪麗：（發現媽媽聽不懂，換成普通中文腔調再對媽媽說）妳好，我是瑪麗，他是我的丈夫約翰，我們是從美國來的環保人士。

媽媽：（往左右看了看，發現真的是在跟自己說話）喔！哈囉！

瑪麗：（拿著玉米）這一定是妳掉的東西吧。

媽媽：不是。（指著瑪麗的手錶或包包，眼睛大亮）我掉的是這個。

瑪麗：（和約翰相視微笑）她說她掉了一隻屎襪取！哈哈哈！不，妳掉的是這個。來，妳的玉米。

媽媽：謝謝，妳真是一個好人。妳會說我們的話啊？這不容易啊。

瑪麗：當然，我是要去 WTO 參加抗議的環保工作者，我想瞭解你們農民的狀況，不要讓語言變成我們之間的障礙……

媽媽：喔，哈哈。（含笑點頭，還在酒醉中）

瑪麗：嗯……妳方不方便跟我們聊聊？（招手叫約翰過來）不會很久，只要一下下。請問妳是要去坎昆嗎，妳知道 WTO 吧──

約翰：（拿出紙筆，擠過薇拉，薇拉不悅皺眉，但仍繼續念佛珠）哈囉，我是約翰，請問怎麼稱呼？

瑪麗：等一下約翰！

約翰：怎麼了？

瑪麗：你沒看到我正在發問嗎？

約翰：可是妳不是叫我過來？

瑪麗：我堅決認為現在是我的提問時間，而且我堅決認為你使用紙筆記錄而沒有徵求對方同意堅決是粗魯的行為。

約翰：（對媽媽）可以嗎？

媽媽：可以。

瑪麗：等一下約翰！

（瑪莉將約翰拉到車後方，再度擠過薇拉。薇拉更為不悅，但又繼續念佛珠）

約翰：怎麼了？

瑪麗：你那本筆記不是再生紙吧？那麼白。

約翰：它很白它是再生紙。

瑪麗：沒有，那一定不是再生紙，我們對自己要有要求啊。你仔細的想一想，那真的是再生紙嗎？

約翰：仔細想一想它是再生紙啊。

瑪麗：你是不是被老闆騙了？你知道，再生紙比較貴。

約翰：它比較貴就是再生紙。

瑪麗：不，它不是再生紙。

約翰：它，它，是，再生紙……

媽媽：誒，兩位，你們要喝酒嗎？

瑪麗：我們不碰酒也不吃肉，因為這兩樣都會對地球生態造成很大的危害。

約翰：沒關係我不喝，妳喝。

媽媽：喝！

約翰：為什麼她能喝我不能喝？

瑪麗：因為她是墨西哥人，你知道墨西哥的平均壽命只有 76 歲嗎？

約翰：那不是跟美國差不多？

瑪麗：他們是到美國境內工作才活得那麼長的，不然好可憐。

約翰：好可憐。

瑪麗：妳是要去 WTO 抗議的嗎？

約翰：瑪麗，妳讓她把那一口吞下去再問好嗎？

瑪麗：請問妳那一口吞下去了嗎？

約翰：耶穌快死，了！瑪麗！

瑪麗：約翰！

（交警上場）

交警：不好意思，麻煩你們停車。

（眾人慌張而不知所以然的下車。媽媽持續喝酒，最後一個下車）

交警：臨時檢查——（拿起媽媽懷中的玉米看了看）酗酒的農民啊？

媽媽：我沒有酗酒！跟我女兒說我沒有！

交警：坎昆現在不能過去，妳就直接回去、回去！（直接把媽媽推開）

媽媽：哎喲！

交警：（看到一旁白人）喔，你們是美國來的亞利安朋友嗎？

瑪麗：是的。

交警：是的看頭骨的形狀就知道了。請問名字是⋯⋯

瑪麗：我是瑪麗・史密斯。

約翰：我是約翰・史密斯。

薇拉：我是由路易十四親手封的莉亞・湯比亞・馮・克里斯多夫・愛
　　　卡露露女伯爵的曾曾曾孫女薇拉・湯比亞・馮・克里斯多夫・
　　　愛卡露露。

交警：各位先生女士——

薇拉：但我不希望你叫我湯比亞・馮・克里斯多夫・愛卡露露，我有
　　　一個西藏名字叫做希達，意思是天空。（拿起佛珠）安八泥巴
　　　霓虹——（走到旁邊繼續念佛珠）

交警：好，各位先生女士——

媽媽：那個，我真的沒有——

交警：（略過媽媽不理）各位先生女士我很抱歉，通往坎昆跨海大橋
　　　目前發生了嚴重的坍方，無法通行，麻煩你們在路邊稍事休
　　　息。我們警方目前正在全力動員搶救，不用擔心，請各位稍事
　　　休息之餘，也可以順便打道回府，當作你們的人生中沒有坎昆
　　　這個地方。請耐心的等候，道路馬上就要通了。

瑪麗：等一下，警察先生，你不可以把我們停在這裡！

交警：謝謝這位女士，願主保佑妳。

瑪麗：就是不可以。

交警：謝謝各位，警方正在全力搶救中。（下場）

（瑪麗和約翰正在商議，顯然對警察很不滿）

瑪麗：根本是獨裁法西斯！

媽媽：聽我的，我很瞭解這裡，我們村子裡有個人在附近當鎮長。我
　　　們國家官員跟官員之間是不溝通的，鎮長一定不知道去坎昆的
　　　路被擋住了，叫他讓我們過去就好了。來，喝一點。

瑪麗：（婉拒媽媽的酒）我們要就地抗議！

約翰：就地抗議，瑪麗，妳要想想！

瑪麗：哈囉，妳！妳是農民嗎？

媽媽：是啊，我老公拿過玉米比賽冠軍，還有獎牌，獎牌在——

瑪麗：嗯嗯、嗯嗯，（打斷話頭，憐憫狀）妳是要去參加 WTO 的抗
　　　議嗎？

媽媽：不是，我姪子結婚了，第二次喔，現在年輕人——

瑪麗：嗯恭喜啊……嗯，那，剛剛那個警察把我們攔下來，因為他不
　　　想讓我們去到坎昆——

媽媽：沒關係我時間很多，我可以陪你們——

瑪麗：對！這世界對農民真是太不公平了，我們要互相幫忙！

媽媽：什麼忙？沒問題。我最喜歡幫忙了。來來來，喝啦！（愉快的
　　　拿酒出來）

瑪麗：（拿出手機）很簡單，妳就抱著妳的袋子——

媽媽：啊哈哈！（高舉酒瓶，一副開心的樣子）

瑪麗：謝謝妳，我們稍微調整一下姿勢，把酒收起來……

媽媽：（一絲遲疑）沒有酒就不像我了耶。

瑪麗：OK，好抱著不要動，喔，不要笑，嘴角下垂一點……試著垂
　　　到鎖骨一點，很好，不要動！……OK，（對著手機講）我是
　　　瑪麗，我在去坎昆 WTO 部長級會議的路上，遇到了一位當地
　　　農民——

媽媽：瑪丹娜。

瑪麗：當地農民……瑪丹娜，我們途中遭到警察攔阻，這支影片是現
　　　場實況，我們可以看到當地政府為了捍衛嚴重摧殘本國農業、
　　　萬惡的 WTO，完全倒退回獨裁封建的作風，封鎖道路，完全
　　　扼殺農民表達自我的權力。（暫停，比劃媽媽的嘴角，對約翰

嚴厲的下達指示）約翰——。

約翰：妳太強人所難了，根本就不可能垂到鎖——（瑪麗作勢要打約翰）

瑪麗：（嚴厲）約翰！這支影片一定可以傳達出他們處境！我們是在做好事！瑪丹娜，幫個忙好嗎？等等約翰推妳，妳就哭，OK嗎？

（薇拉在旁盯著三人，一臉狐疑。約翰拿出警察的帽子和上衣，心不甘情不願的穿上，戴上墨鏡和鬍子）

媽媽：好啊，就演戲嘛，我真的很會演戲，我可以一個人演完整部電影，電影嘛，錢不夠全家人看，所以我看完回家就演給沒看的人看。齁，我女兒說我演得好好，很久沒看到他們……嗚嗚嗚……（半真半演的哭起來）

瑪麗：謝謝，那個……用妳平常的樣子——

媽媽：平常——（抓起瑪麗的手機鏡頭）嗚嗚……

瑪麗：約翰，（比了一個壯士斷腕的手勢）Action！

（約翰推擠媽媽，大聲叫囂。媽媽整個演開了，一邊叫喚小孩的名字一邊假哭，但玩一玩又忍不住笑了出來，開始與約翰對吼笑鬧。瑪麗見狀立刻把鏡頭移開，對著自己。旁邊的媽媽繼續在打鬧約翰，約翰不想玩，開始閃躲）

瑪麗：現在你們看到的是警察推擠打人，這是什麼政府？

媽媽：有種就過來啊！

瑪麗：當地警察毆打國民！這都是美國保守勢力的陰謀！

媽媽：啊哈哈哈哈！

瑪麗：打自己的人民給外國老闆看……荒、荒謬到了極點！我們NGO組織應該聯合起來對抗這樣的暴力。

媽媽：你們真的太有趣啦，我交定你們這個朋友！

（薇拉走近拍照，拍瑪麗，喀嚓喀嚓的拍照聲。拍攝現場中斷）

瑪麗：誒，妳幹麼！

薇拉：拍照。不能拍嗎？

瑪麗：妳幹麼呀！

薇拉：我幹麼呀？

瑪麗：妳怎麼可以拍我？

薇拉：那妳怎麼可以拍她？

瑪麗：我拍她怎樣？……我是在幫她，妳不知道鏡頭是有力量的嗎？

薇拉：妳這個賤女人！

（瑪麗飆英文髒話，薇拉也飆法文髒話，兩人互飆髒話）

瑪麗：妳才是賤女人！

薇拉：妳媽媽可好！

瑪麗：妳爸爸可好！

媽媽：好了！認識了就是朋友，大家來喝酒！

（瑪麗和薇拉停下）

瑪麗：不用，謝謝。約翰，幫我拿水。（做出喝水的動作）

媽媽：來嘛，朋友——

瑪麗：謝謝。（立刻和約翰走得遠遠的）

（約翰拿水，坐在瑪麗身邊。薇拉接過媽媽的酒，坐在媽媽身邊）

薇拉：這是什麼酒？

媽媽：這不是酒，這是水，天天喝，很健康～（作勢要打開酒罐，看
　　　薇拉停下）妳不喝？

薇拉：嗯，謝謝妳，我自己有帶水。（拿出水壺）我這個人喜歡簡單。

這個讓西藏活佛加持過，可幫助自己聆聽這趟旅程的聲音。妳
要不要喝一點？

媽媽：不要，感覺好可怕。

薇拉：妳剛剛被拍覺得很可怕嗎？

媽媽：沒有啊。

薇拉：他們拍妳這樣是不對的──他們不可以隨便拍妳。

媽媽：但妳可以拍他們喔？

薇拉：妳知道被拍的意義嗎？他們可以隨便詮釋妳！這樣是不對的！

媽媽：沒關係啦，大家出來互相幫忙嘛。

薇拉：妳不能以為全世界都好人，有些人自己在壓迫別人但自己不知
道！

媽媽：啊妳真的不喝酒喔？

（瑪麗站起）

瑪麗：OK，我們再拍一次。

媽媽：（伸手）這要一點 Money。（頓）妳看妳拍到一半，很可惜誒。

（瑪麗將一張紙鈔放到媽媽手中）

（燈光轉換。妹妹和明莎上場）

妹妹的旅程 1　斯堪地維亞

（明莎以及妹妹上場。明莎仍卡在門上，將頭放在肩上，變換姿勢，
試圖找到一個舒服的姿勢）

明莎：真的沒有別的辦法了？

妹妹：能試的都試了，小姐又那麼怕痛，沒辦法用力。

明莎：身為有智慧的人類，除了像野蠻人一樣拉扯之外，沒有其他辦
　　　法嗎？

妹妹：目前沒有。

（頓）

明莎：不我不要拉拉扯扯，我不要流汗。
　　　我是全世界第一個卡在門上的人嗎？

妹妹：我不知道

明莎：妳可以上網幫我查一下嗎？如果我是第一個，那還挺酷的。

妹妹：挺酷的？

明莎：妳可以幫我拍張照放到網路上嗎？

（妹妹拍照）

明莎：為什麼這麼熱？世界要毀滅了嗎？

妹妹：本來就這麼熱。

明莎：妳去開冷氣。

妹妹：冷氣機在裡面。

明莎：我要熱死了！

（妹妹咕噥個兩聲，打開行李箱）

（頓）

明莎：妳不急嗎？不想出去嗎？

妹妹：急也沒用。

明莎：我一定要出去……我不出去不行……

妹妹：只能找別人來幫忙。

明莎：不行，我不可以讓其他人知道，這是約定，我不能說。

妹妹：嗯。（拿起行李箱裡的東西幫忙明莎搧風）

明莎：誒，我可以跟妳說，妳要聽嗎？

妹妹：喔喔。

明莎：但妳不能說出去。

妹妹：我也沒有人可以說。

明莎：妳發誓。

妹妹：我發誓。

明莎：妳要先說一個祕密。這是交換儀式。

妹妹：嗯，我沒有什麼祕密⋯⋯

明莎：好吧，妳回答我三個問題即可。妳要去哪裡？

妹妹：我要去參加婚禮。

明莎：婚禮，誰要結婚？

妹妹：我表哥。

明莎：新娘漂亮嗎？

妹妹：我沒看過。我比較想看我媽。

明莎：好，三個問題了。妳跟我一樣。

妹妹：一樣？

明莎：我也想看看我媽，還有我爸，我要去斯堪地維亞！

妹妹：斯⋯⋯堪地維亞？小姐，剛剛不是這樣說的！

明莎：（嚴厲的）斯！堪！地！維！亞！

妹妹：⋯⋯小姐⋯⋯小姐，先生和夫人在倫敦啊，很快就回來了。

明莎：他們不是我親生的爸媽。

妹妹：蛤？小姐，這個剛剛也沒有——

明莎：我親生父母住在斯堪地維亞，斯堪地維亞裡面住著巨人族、矮
　　　人族和普通人類。我是流落到外界的巨人族後裔，我真正的爸
　　　媽是巨人族的貴族。

妹妹：嗯，小姐是巨人族的貴族⋯⋯？

明莎：對，巨人比一般人更聰明、更厲害，所以普通人都很厭惡他們，
　　　但巨人很善良，默默的退到最寒冷的斯堪地維亞，把溫暖的地
　　　方讓給人類。

妹妹：那，小姐——

明莎：妳不需要叫我小姐，妳可以叫我的名字。由於妳高貴的精神，我們又分享了彼此之間的祕密，我們之間是平等的。巨人族不會看不起任何人。

妹妹：很好。

明莎：叫一次看看？

妹妹：（大叫一聲）啊！

明莎：叫我的名字！

妹妹：嗯，明莎？

明莎：不，不對，那不是我的名字，明莎這兩個字充滿著羞辱與難堪，那不是屬於我的。從現在起我叫做安琪拉，對，我是唐安琪拉女爵，妳是我的隨從安娜，名義上是隨從，但實際上情同姊妹！安娜，妳的第一個工作是要展現妳對我的忠誠，把噴火龍砍下來——

妹妹：（趕緊抓住機會）不，小姐，我第一個工作是要準備旅途上的糧食！

明莎：（眉頭一皺）糧食？

妹妹：對對，像蕃茄——

（妹妹開始將蔬菜擺盤）

明莎：蕃茄！我痛恨蕃茄！

妹妹：我這邊還有紅蘿蔔、杏仁、紅蘿蔔、杏仁、紅蘿蔔、杏仁，要吃蔬菜才有力氣作戰——

明莎：我不要我不要我不要！我是巨人！巨人不用吃蔬菜！

妹妹：明莎，我是巨人的奴僕，我也是巨人哪，我都吃蔬菜喔。妳看，啊！（作勢吃）

明莎：不用！妳不是巨人，我才是！巨人不吃蔬菜！喔，妳看，這是我們的城堡！我們已經到了斯堪地維亞最美麗的山上，我們擁有一切我們想要的東西……我們有……很多很多的黃色餅乾，很多很多的……咖啡色餅乾，很多的……黑色餅乾、綠色餅

乾、紅色餅乾……（頓）我要吃餅乾。

妹妹：妳吃一口蔬菜就給妳餅乾。

明莎：我不要！（頓）什麼口味的？

妹妹：吃嘛。

明莎：什麼？

妹妹：（嘴張大）啊——

明莎：（有種委屈的感覺）妳亂玩！不是這樣的！

（視訊電話鈴響。妹妹連忙過去要接）

明莎：安娜！

妹妹：嗯？

明莎：妳不要接。

妹妹：（接起電話）先生好、太太好。

太太：娥蘇拉！明莎還好嗎？身體有沒有越來越好？這種天氣明莎很
　　　容易過敏，空氣太髒了！
　　　親愛的，妳好嗎？

明莎：好。

太太：媽咪好想妳……媽咪工作很忙，但希望妳健健康康的。妳有覺
　　　得越來越健康嗎？

明莎：一樣——（賭氣的）

妹妹：小姐一直都很健康。

太太：是啊，看起來很健康……現在又有新的期刊出來了，說杏仁吃
　　　太多也不好，是中醫的研究，娥蘇拉，把杏仁停掉。

先生：（附在太太耳邊）機咕唧辜。

太太：嗯，嗯，好，改給豌豆，說是豌豆也不錯，一天要吃到兩百克。

妹妹：好的。

明莎：我不要！

太太：明莎，乖，這對妳很好。

明莎：我不要！

太太：乖，這對妳很好。

明莎：吵死了！

太太：娥蘇拉會弄得很——好吃給妳吃的。還有啊，蜂蜜不要了，聽說蜂蜜會致癌。

先生：（附在太太耳邊）機咕唧辜。

太太：就是說啊，自從世界上有了癌症，吃什麼都會致癌，叫我們當爸媽的怎麼辦呢？我們從小就很注意明莎的飲食，隨時更正、隨時更新，完全沒有誤差。

先生：（附在太太耳邊）機咕唧辜。

太太：啊哈哈哈哈哈！你說的真好，笑到我眼淚都要流出來了！

先生：哈哈哈機咕唧辜哈哈哈。

太太：好了好了，我們現在在哈佛，這裡有最新、最齊全的科學期刊，呼，常常啊，昨天還能吃的東西，今天就不能吃了，明莎活在現在這種社會，真是辛苦，媽媽一定要好好保護明莎。

先生：機咕唧辜。

太太：喔，爸爸也一起嗎？太棒了親愛的！

好了明莎，先說再見囉，媽咪想妳！

（明莎從門框中離開）

妹妹：小姐，妳變瘦了。

明莎：我再也不想吃東西了。安娜。

妹妹：小姐……

明莎：我現在要餓死自己，我要躺在床上，一直到餓死。

妹妹：不行啦小姐。

明莎：我要餓死。那些東西好噁心。我不要吃草。

（兩人沉默一陣）

妹妹：小姐，我們來玩嘛。

明莎：我不要，妳只會叫我吃蔬菜。

妹妹：拎拎拎……（作勢打電話）哈囉媽媽，蛤？叫娥蘇拉回家啊，參加婚禮？不行啦我不能回去。

明莎：為什麼呢？

妹妹：因為……娥蘇拉要陪明莎啊。

明莎：喔！妳好好。（靠著妹妹）妳叫安娜。

妹妹：好。

明莎：安娜是我小時候的一個娃娃，她是我唯一的朋友。妳們長得很像。安娜本來是風中奇緣的寶嘉康蒂，但她不可以叫寶嘉康蒂，這樣就跟其他人的一樣，所以我叫她安娜。

妹妹：可是長得像寶嘉康蒂，名字不會叫安娜。

明莎：為什麼不行？

　　　（頓）安娜真的不用回家嗎？

妹妹：回家，很難再回來了，要越過國境，很麻煩。

明莎：不是啦，妳是因為要陪明莎才不回家的。

妹妹：嗯？嗯。

明莎：妳自己忘記了！

妹妹：我沒忘記。

明莎：我寧願死也不要吃蔬菜，拿去丟掉。

妹妹：可是要有吃完的驗血報告。

明莎：那妳吃，吃完抽妳的血。對耶，我們來玩抽血遊戲！

（電話鈴響，明莎把電話掛掉）

妹妹：小姐！

（電話鈴又響了數次，明莎不停掛掉電話）

明莎：我們來玩吧。

妹妹：玩什麼？

明莎：妳吃蔬菜遊戲。

妹妹：小姐，妳不聽話安娜就回家喔。

明莎：（突然尖叫，打妹妹一巴掌）妳威脅我！妳以爲妳是誰！妳威
　　　脅我！（妹妹十分冷靜）
　　　法庭遊戲！死刑！

（先生和太太從天而降）

太太：娥蘇拉！爲什麼不接電話！

明莎：這麼快！

太太：我怕妳發生意外，立刻就飛回來了！父母都有超能力！

先生：機咕唧辜。

太太：先生問說爲什麼不接電話？

明莎：煩死了！只有安娜對我好！我不要當你們的女兒了，我要跟安
　　　娜走！

太太：喝啊！嫉妒啊嫉妒啊！我女兒竟然不愛我而愛一個女傭！

先生：喝啊！機咕唧咕唧辜！明莎！

太太：妳看看啊，妳爸爸唯一會說的詞就是明莎啊！明莎，妳不能這
　　　樣！

（眾人吵成一團）

妹妹：小姐，不要吵了，跟先生太太和好。

明莎：好累喔，好吧，和好。

太太＆先生：明莎！乖寶貝！（對妹妹）我幫妳加薪，好好照顧明莎。
　　　哎呀，妳月薪跟一個老師一樣高，太誇張啦太誇張啦。好忙喔
　　　我們要飛走了！

（太太和先生飛回天上）

明莎：妳怎麼這麼多錢？

妹妹：因為一樣的戲碼演過好幾次了。每次妳一鬧離家出走，太太就
　　　幫我加薪。

明莎：妳怎麼沒有很開心的樣子？

妹妹：我，可能，想回家。

明莎：（走到門框內）不行啊不行啊，我被卡在門上了，妳不可能出
　　　去的呀。我絕對絕對不會讓妳出去的。

（燈暗）

媽媽的旅程 2　反抗

瑪麗：我是瑪麗，我們仍然在前往 WTO 會議的現場，還是一個被封
　　　鎖的狀況，據說墨西哥政府部分封鎖了道路，目的是要阻止農
　　　民前往 WTO 抗議，真是太變態了！而且，就我所知，農業部
　　　部長和簡稱 C 的肉品公司總裁昨天還是共同出席了一個晚宴。
　　　誒？誒？（手機快沒電了，一邊拿出東西來充電，一邊匆忙的
　　　往臉上補粉）國際媒體要過來了嗎，很好我們會持續──（傳
　　　出沒電的訊號聲）

薇拉：（唸唱。媽媽合音，中間打斷薇拉，調整薇拉的唱法、聲音）
　　　「墨西哥有個老人
　　　看著他太太煮晚餐
　　　突然一個不小心 哎呀 不小心
　　　太太的爐子上烤的 哎呀 烤的是
　　　是不幸的墨西哥老 墨西哥老人！」
　　　很好聽的歌，嗯我感覺到了什麼，這是在說古老的神靈的故事
　　　吧，我感受到了一種召喚……

媽媽：這是在講──

薇拉：一種召喚……

媽媽：這首歌喝了一點酒唱更好聽。（拿出一瓶酒）

薇拉：（自顧自說）唱你們的歌，好像一條通往內在的道路。

媽媽：妳聽一下我講話嘛。

薇拉：好像有什麼東西進來了……

媽媽：（頓）嗯？

薇拉：嗯？妳問我這次去坎昆旅行的意義嗎？我要……（仔細想）隨便走走，隨便看看，看看這個美麗的世界。（看向遠方）喔，美麗，美麗的蝴蝶……

媽媽：（看看瑪麗，又看看薇拉）唉，為什麼都沒有人要跟我喝酒？他們連跟我喝一口酒的時間都沒有，好可憐哪，都走來走去，不知道要走去哪裡。就停下來喝個酒而已，真是奇怪哪。（下場）

（約翰帶著官員馬奎茲上場）

約翰：瑪麗，這是馬奎茲。馬奎茲，這是瑪麗，我的妻子。

馬奎茲：妳好！

瑪麗：幾格了約翰。

約翰：（看了看手機）滿格，瑪麗。

（瑪麗拿起手機，約翰幫忙瑪麗擦汗）

瑪麗：呼！約翰，我已經跟組織聯絡好了，媒體很快就會趕到！你好，馬奎茲先生。

馬奎茲：咳，妳好，瑪麗小姐，我可以說流利的英文。「你跳，我就跳！」、「龐德，詹姆士·龐德。」我是得皮利翁戒酒中心的主任，馬奎茲·班·托茲，很高興認識妳。

瑪麗：嚇！（本來準備握手，突然抽回手）戒酒中心的主任？

馬奎茲：哈哈。害羞的小姐。

瑪麗：（拉過約翰）這是誰啊？我不是要你找警察過來？

約翰：我去的時候警察已經下班了，我就找了另一區的警察，但他們說他們明天才能來。我說我很急，他們就幫我聯絡警察局長祕書，打電話過去的時候，他的祕書說：局長今天休假，我幫你轉接，啊，局長那裡不行……然後不知道爲什麼就轉接給某個男人，轉接了二十次以後，終於有個男人接起電話，他很親切聽完我說的話，直接派他的下屬過來，就是這位馬奎茲先生。

瑪麗：戒酒中心的主任！他可以做什麼？

約翰：可是，他是唯一一個出現在我面前的當地官員，而且只讓我等了一個半小時。

瑪麗：（對約翰翻個白眼，回頭對馬奎茲）馬奎茲先生，我想你應該很明白我們的處境了，我們認爲把我們攔在這裡嚴重違反我們的人身自由。貴國不僅在環保議題上面有不良的紀錄，在人權方面也有很大的問題。我們被攔在這裡的影片，我已經上傳組織，大批媒體記者很快就會來了。

想想你們，爲了辦一個 WTO 搞得這麼醜，值得嗎？

我們要繼續在這裡，提出我們的訴求！（偷偷舉著手機，準備要拍攝官員的反應）

馬奎茲：你們美國人就是喜歡到處告，什麼都要告。

瑪麗：（對約翰）我跟你說，他一定會說他去請示上級，然後消失不見了，我們就會一直被困在這裡。

約翰：瑪麗我們已經做到我們該做的……

瑪麗：（自顧自說）我們一定會引起國際的同情。

約翰：其實我，我訂了坎昆的海灘旅館……

瑪麗：（自顧自說）哈，你看他踱步的樣子！

馬奎茲：真的要比起不良紀錄，天哪！我不知道還有哪個國家比你們美國人更壞的，壞透啦！

瑪麗：他在虛張聲勢！

約翰：我們都在搞組織已經很久沒有那個……

馬奎茲：你們美國人簡直就是政客！超級大政客！

瑪麗：不要在這邊出糗啦哈哈！

馬奎茲：所以，你們可以走了。

（眾人沉默片刻）

瑪麗：蛤，可以走了……？

馬奎茲：可以了。你們比我壞多了，我惹不起你們。

瑪麗：全部都可以走？

馬奎茲：是的，還是妳想留下來陪我？

約翰：太好了，我們走吧！（瑪麗拉住約翰）

（瑪麗有點不知所措的站著，努力思考計策。薇拉收拾東西）

媽媽：（大叫）馬奎茲！

馬奎茲：喔！隔壁的媽媽！

媽媽：他就是我說在附近當鎮長的孩子。孩子，來，跟媽媽喝一杯哪！

馬奎茲：酒！喔不，我現在是戒酒中心的主任。

媽媽：戒酒中心！不！聽起來糟透了！什麼時候開始墨西哥有了戒酒
　　　中心！

馬奎茲：在風景區蓋戒酒中心可以吸引歐美投資，觀光客來渡假順便
　　　戒酒。我們的大股東是可口可樂。不喝酒就會改喝可樂，他們
　　　真聰明。

媽媽：你也戒了？

馬奎茲：工作需要，戒了。

媽媽：（傷心的）你死去的媽媽會怎麼說？

馬奎茲：我……

媽媽：你可以走了！

瑪麗：（回神）等一下你不能走！

馬奎茲：怎麼了？

瑪麗：你只是一個戒酒中心的主任，憑什麼你讓我們走就可以走？我

要找你的上司！

馬奎茲：我的上司？那就是我太太了，她去賭博了，大概一個月後才
　　　　會回家。

瑪麗：我要找你真正的上司！

馬奎茲：啊哈哈，妳在說什麼我聽不懂，我很抱歉，妳是外國人。

瑪麗：你剛剛不是說你會流利的英語嗎？

馬奎茲：啊哈哈，妳說什麼我聽不懂，拜拜，拜拜。（若無其事飛也
　　　　似的溜走）

瑪麗：等一下！你這個官僚！！

媽媽：（很冷靜的，抓住瑪麗和薇拉的手臂）太棒了，我們可以離開
　　　了，真是值得慶祝，你、們、要、喝、酒、嗎？

瑪麗：喔不，我們不碰酒也不碰肉，因為這兩樣東西都會給地球造成
　　　──

媽媽：你們通通都給我喝！誰敢不喝！

（瑪麗、約翰、薇拉三人躲避媽媽的暴走。此時場外傳來一陣直昇機
音效，醫護人員、記者與環保人士 1、2 上，醫護人員連忙把瑪麗、
約翰、薇拉抬上擔架）

環保人士 1：瑪麗，我們來支援了！

環保人士 2：（看著媽媽）喔，就是她嗎？當地代表？

環保人士 1：來，讓她講話吧，聽聽在地的聲音。

瑪麗：等等，我沒受傷！（對環保人士 1、2）不行，她情緒很失控！

環保人士 1：讓情緒在鏡頭前面出現，這才是最真實的。

瑪麗：是真的失控！

環保人士 2：（對媽媽）跟我們介紹一下妳自己，妳去坎昆的訴求是
　　　　　　什麼？

瑪麗：等等！

（瑪麗、約翰、薇拉被抬下場）

媽媽：（看著鏡頭）在幹麼？

環保人士1：我們在錄影，妳去坎昆做什麼？

媽媽：加里，阿姨已經有三個孫子了……媽媽輸了！這樣對嗎……你明年就給我結婚！娥蘇拉，媽媽沒有酗酒，妳應該要、要嫁給一個鎮長，至少是村長……誒誒，不要移動，這樣我很難講話！馬奎茲剛剛戒酒，變成了一個娘娘腔，他死去的媽媽非常生氣。

（頓）

環保人士2：（低聲）那……好了，差不多了吧……

環保人士1：我也覺得……

媽媽：（抓住鏡頭有點興奮）要當加里的太太最好以前也種玉米。我討厭那些種菸草的，跩得跟什麼一樣，種菸草了不起啊！蛤！你不可以管我，我年紀大！我要好好當一個老人！

馬奎茲現在是娘娘腔！

啊，兩位，等等可以帶我去坎昆嗎？

（慢慢坐下，攝影機正要偷偷移開，被媽媽看到）農民很辛苦哪。

（環保人士1、2聞言，又把攝影機轉回來）

媽媽：是吧，我沒講錯吧，農民很辛苦的哪！（環保人士1、2拚命點頭）

一天要吃三餐，一個禮拜就……三十餐，一年就……很多餐，都是我們種出來的，辛苦死了！（頓）就算這樣，才三餐根本就不夠啊，玉米這麼多根本賣不掉。唔，應該要一天吃四餐，每餐吃玉米，不對，要六餐！六餐！

環保人士1＆2：嗯。

媽媽：誰吃得到六餐啊，你們是笨蛋嗎？

環保人士1＆2：蛤？

媽媽：這不是吃幾餐的問題嘛。你們那邊就種出比較便宜的玉米，拿
　　　過來賣我的就完蛋了。我的比較好吃比較健康，但大家還是買
　　　便宜的。對你們來說，花錢買比較好吃、比較健康的玉米，到
　　　底有……多重要呢？（頓）那對我來說是……（頓）帶我去坎
　　　昆吧。

（環保人士1、2看著媽媽）

（燈暗）

哥哥的旅程2　屠宰工到廚房雜役

（哥哥、警察2上場）

警察2：我們先開始吧，長官正在忙。

哥哥：好的。

（警察2翻開文件）

警察2：根據你寫下的這份投書，某天你在屠宰場工作時，突然遭到
　　　移民局的突擊逮捕，整個工廠裡面有數百個非法勞工，但移民
　　　局只抓了十五個，你被抓上警車時，旁邊的工人還持續的做著
　　　手上的工作。你強烈懷疑這是公司和移民局之間的協議，然後
　　　你投書到報社，引起一些爭議。不過，據我們瞭解，你是在捏
　　　造事實。事實上根本沒有什麼移民局和公司兩造之間的協議。

（警察 1 上場）

哥哥：我說的就是事實。

警察 2：（略顯遲疑）嗯，對我知道。不過為了你的人身安全⋯⋯

警察 1：（打斷對話）你可以去忙你的事情了。

警察 2：（起身）是，長官。

警察 1：（低聲）我有我的方式，你少插手。

警察 2：是，長官。（下場）

警察 1：我滿想瞭解你的。

哥哥：嗯。

警察 1：可以笑一下嗎？你會笑吧？

（哥哥皮笑肉不笑）

警察 1：謝謝。我們來談談你快樂的回憶。來屠宰場以前，你是在餐
　　　　廳工作，對吧？

哥哥：嗯。

警察 1：在餐廳，似乎時間不短嘛。

哥哥：大概三年。

警察 1：我以前也在連鎖店打過工，我很懷念那時的朋友。你有朋友
　　　　嗎？

哥哥：是有一些。

警察 1：很快樂吧？國籍不是問題。

哥哥：很快樂，國籍不是問題。

警察 1：很好，人就是需要朋友。在廚房做什麼？

哥哥：（想了一會）我們啊，老是在罵髒話。

（進入過去在廚房工作的回憶，廚師們七嘴八舌的講話）

廚師：幹！鴨肉！

哥哥：幹！有人點鴨肉！

廚師：幹！又有人點鴨肉！還有多少肉沒烤？烤爐壞了！

哥哥：我用一支湯匙就可以修好它。

廚師：操你媽的，好！

哥哥：我一開始幫忙洗碗，後來擺盤，從星期一忙到星期六，地獄就是禮拜六晚上的廚房。

廚師：把羊排上面的可愛小花裝飾去掉！現在是戰爭，沒有空搞那些娘娘腔的小花！

哥哥：有個服務生跌下來扭到腳。

廚師：幹他媽叫他哥哥來端盤子！

哥哥：他沒有哥哥。

廚師：我不管！

哥哥：大家越來越暴躁，裡面越來越熱，看菜單的時候，主廚會說，

廚師：我希望點鴨肉的客人被車撞死！

哥哥：七號桌要叉子。

廚師：我是你媽嗎？不用每一件事都跟我講！

哥哥：遲到的十位客人要先喝餐前酒，外面還有客人在等！

廚師：幹叫他們喝尿！

哥哥：我們很厲害，可以在放滿髒盤子的洗碗槽放進更多的髒盤子，把櫥櫃上擺滿的東西掃到一旁但東西不會掉下來，走過塞滿大廚的走道但不會碰到他們，就像跳舞那樣。菜單越來越多，食材越來越少，絞肉機壞了用菜刀剁，盤子用完了用碗，時間很急很急——

哥哥：芝麻菜用完了！

廚師：幹就用萵苣代替！把它跟菠菜、西洋菜等等綠色的東西拌在一起！！

哥哥：是！

廚師：他媽的沒有牛排和牛肝了！我要牛排和牛肝！！

哥哥：是！

廚師：牛排和牛肝！

哥哥：是！

廚師：牛排和牛肝！！

哥哥：是！

我第一個從後門溜出去，五分鐘我就帶回一堆肉。你知道，我在屠宰廠工作過，他們知道我很行，弄得到肉，他們一直都知道我很行！

（一家人上場用餐，父母和女兒三口舉止優雅祥和。菜送上，一家人優雅的吃著）

警察1：為什麼後來離開了？

哥哥：我忘記了。

警察1：試著想想看。

哥哥：喔，在路上遇到移民局的人……

警察1：你記得瓊斯先生嗎？

（父親舉手。一家人繼續祥和的吃著）

哥哥：瓊斯先生。

警察1：瓊斯先生在你離職前一個禮拜，到你們餐廳用餐，當天晚上瓊斯先生進了急診室。

（父親啪的倒下）

警察1：一個禮拜後，瓊斯先生死了。

原因是你們餐廳使用來路不明、受到污染的肉。餐廳把責任推到你頭上，雖然這個舉動是大家默許的，但是，肉是你搞來的。你的罪名是，過失殺人。

（沉默片刻）

哥哥：餐廳把責任推到你頭上。

警察1：什麼？

哥哥：你剛剛說，是餐廳把責任推到我頭上。

警察1：對。

哥哥：你知道。

警察1：我當然知道。

哥哥：你知道肉本來就這麼髒嗎？肉是怎麼做出來的？你到牧場、到
　　　屠宰場看看，牛根本不該吃那些東西——

警察1：我瞭解，我知道那些牛一直吃牠們不該吃的東西，像玉米和
　　　死掉的牛。因為體內承受太大的壓力，牠們的內臟從肛門掉出
　　　來，好像牛糞凝固了一樣。打了一堆抗生素，整隻牛都是抗生
　　　素，抗生素太多，這會害死我們，我們會因為手指割到啤酒拉
　　　環而死。

哥哥：那你為什麼不做點什——（被警察1打了一巴掌）啊！

（頓）

警察1：你想想嘛，為什麼不做點什麼，你很聰明老弟，你一定立刻
　　　猜到了。對嘛因為我沒有窮到別人會來關心我，我要倒大楣的
　　　工作！我太太永遠都在阻止我變成一個大人物！然後永遠都有
　　　像你們這種倒大楣的笨蛋！我永遠都不夠倒楣！

哥哥：這裡，以後你小孩會繼續在這裡生活下去。

警察1：我不會讓啤酒罐割到我的小孩。你懂嗎？

（沉默片刻）

哥哥：（忍不住脫口而出）可是你知道我是被冤枉的，（幾乎要哭出
　　　來）我英文不好，拿錯了——

警察1：所以我在幫你啊老弟！蛤？我在幫你！

（哥哥抬頭看著警察1）

警察1：來，把文件簽一簽，放棄提告，你會沒事。

哥哥：真的？

警察1：你不要被那些人權團體給利用了。他們正欠話題，一個一個像吸血蒼蠅一樣要黏著你。你知道因爲你啊，你那些同鄉過得有多慘嗎。

哥哥：你在講什麼？

警察1：你看看他們，他們都不會跟你說實話，但我會，哦，數學問題：有十個人，要幫助所有工人，但因爲你，其中七個跑來幫你，只剩下三個幫助剩下所有工人，你覺得這樣公平嗎？

哥哥：這樣⋯⋯

警察1：你瞭解了吧，這樣一來其他人得到的關注就減少了，排擠效應。（拿出一張紙）爲了大家好，把事情結束了，簽下去，可以嗎？

（警察1將文件放到哥哥面前，轉身泡起咖啡。哥哥發抖冒汗，不發一語，手顫抖著猶豫是否要拿起筆來，呼吸越來越急促，臉色十分蒼白）

警察1：（拿出另一張紙，推到哥哥面前）你們餐廳可以幫助你取得合法居留權。保密條款，不會洩漏。你再仔細的思考一下。（拍拍哥哥，微笑）這個是我幫你談出來的條件，怎麼說，我挺欣賞你的，你那股反叛的精神，跟我很像。（再拍拍哥哥）老弟，相信我，好嗎？

（哥哥抬起頭，看向警察。燈暗）

妹妹的旅程2　不老之國

（妹妹娥蘇拉和明莎的日復一日。妹妹餵明莎吃飯、洗澡、穿衣）

明莎：我找了鎖匠，把門鎖起來了。

（明莎劇烈的咳嗽）

明莎：醫生！

（妹妹穿上醫生袍，幫明莎拍背、餵她熱水。明莎不咳嗽了，開始唱歌）

（妹妹和明莎的日復一日。妹妹餵明莎吃飯、洗澡、穿衣。明莎動作越來越慢。電話鈴響，明莎接起電話）

明莎：我爸媽死了。

（明莎流了幾滴淚。妹妹穿上夜總會的裙子，唱歌給明莎聽，明莎笑了）

（妹妹和明莎的日復一日。妹妹餵明莎吃飯、洗澡、穿衣。明莎動作越來越慢，頭髮變白了。妹妹仍然一樣年輕。明莎走來走去，一隻腿在地上拖行）

明莎：我需要一隻拐杖。

（妹妹讓明莎扶著她，在場上走來走去）

（妹妹和明莎的日復一日。妹妹餵明莎吃飯、洗澡、穿衣。明莎動作

越來越慢，頭髮變白了。妹妹仍然一樣年輕）

明莎：我找人把電話線剪斷了，反正也沒有人會打電話來。

（明莎走來走去）

明莎：不用吃蔬菜了，反正沒有人會叫我吃蔬菜了。

（明莎越來越老。妹妹一樣年輕）
（明莎一直喘氣）

（妹妹和明莎的日復一日。妹妹餵明莎吃飯、洗澡、穿衣。明莎一直喘氣，死了）
（妹妹抬了一個棺材，把明莎裝入裡面。蓋上棺材蓋，她站立了一會，沉默一陣）

妹妹：女傭是不能老的。

（燈暗）

哥哥的旅程 3　新的國度

（哥哥加里上場。他吃著爆米花，感覺胖了不少，身著休閒的襯衫和長褲，戴著牛仔帽，身上別著許多玩具徽章，一副美國南方人的樣子）

哥哥：我要去看電影。
　　　是哪部電影並不重要。
　　　重要的是，我，正要去看電影。走過公園的時候，

可以自在的把口香糖黏在長椅上面，

一點也不慌張。

偶爾有不禮貌的人跟我說我們欠洗碗工，我可以大聲說：去你媽的！他還會跟我道歉。

當人們開始敢做一些不守法的小事情，這裡才真正變成他的地方。

我的地方，各位。

要是有人敢嘲笑墨西哥，我會把他們揍得鼻青臉腫。我會的。

我看了很多中國功夫片。

幸好，這樣的人並不多。最近一次——

喔，那不是我的錯。

有時候，有時候別人沒有那層意思，但因為自己認為自己弱小，無論別人說什麼，聽起來都像嘲笑。

朋友們，不要自己先變得軟弱。

我的女人，講話有很重的腔調。

我最近給她錢。我給她一筆錢！讓她去上課，去掉她的腔調。

腔調很麻煩，它告訴別人要怎麼看待你。

女人很感激我。

我的老鄉們說，我不該講話不像墨西哥人，

老鄉們，不要自己先變得軟弱。

我可以用任何腔調講話，但我裡面，是一個純正的墨西哥人。

「你應該像一個墨西哥人那樣講話。」

我就是墨西哥人，我不用學怎麼像一個墨西哥人。我就是因為學美國人講話才證明我是一個墨西哥人。

我們打了一架，

我沒有嘲笑他們，

怎麼會呢。

我們只是針對腔調做了很多討論。像一個美國人那樣。

警察把我們拉開，看了我的身分證。身分證，像一個美國人那樣。

第八日

每一年，我要透過各式各樣的管道換到我的新身分證。

保羅、湯姆、迪米茲、哈克、米契朗、喬治詹森。

喬治詹森。

警察看著喬治，同鄉看著我，一臉呆樣——我現在叫做喬治，
白痴！

我看著他們，怕他們一不小心，

他們看著我，齜牙咧嘴露出牙床：

「幫我。」

他們以為警察沒看見嗎？

我當然會幫忙，當然！有需要這樣嗎？有需要在這種時候表現
出愛國主義的氣氛嗎？我是純正的墨西哥人，我不需要做任何
事情來證明這一點。

有這麼多人缺了門牙。

「詹森先生，你可以走了。」

謝謝。我很冷靜。

收起皮夾，離開公園，走、走、快走，一點小跑步，再加大、
再加大，跑起來、跑起來，離得夠遠之後飛快的跑起來。

他們賺到了錢很快就會回家。

我不是這樣。

我有我的生活。

我的家就在這裡。

我用我的方式當墨西哥人。

誰說要一樣呢？

上帝、總統、媽媽，都沒有說過，什麼才是純正的墨西哥人。

公園，

或許是，

看到了娥蘇拉。
又好像不是。

不知道爲什麼。
看起來像任何一個女人。
她走過去，
沒有看我。

「娥蘇拉。」（向遠方叫喚）
是嗎？

我心中突然浮現一個名字。
現在應該要這樣叫喚她。
對。
不是娥蘇拉。
我也不是加里。

「安娜。」

她回頭，眼神從我身上掃過，一臉疑惑。
安娜。
一個小女孩朝我跑來。我又叫了一次。
可能以爲小女孩叫做安娜，頭轉了回去。
小女孩在我旁邊喝水。
妳叫做安娜嗎？

小女孩不理會任何人，跑開，躺在溜滑梯上睡著了。

我們遠遠看起來，
就像兩個美國人那樣。

嗯。

不知道在轉身離開，

大概五百步的距離之後，

她有沒有，很有可能，有沒有

回過頭來，看我一眼。

可能在她第一百二十步，在我第三百五十步的時候，

在不同的時候，

我們回頭了，

看見另一個人的背影，不斷在遠離。

然後呢？

可能會因此，感到有點傷心。

我的手腳靜止在一個準備轉身的動作，

想了很久、

很久。

（燈暗）

—— 全劇終 ——

《第八日》首演資料

演出時間：2010 年 11 月 5 日－14 日

演出團體：再現劇團

演出地點：西門町電影公園

製作人：黃民安

編劇／導演：簡莉穎

編劇助理：蕭文華

導演助理：蔡宜坪

舞台設計：王永宏

燈光設計：張以沁

音樂設計：鍾於叡

服裝設計：江佳音

化妝設計：曾 YUKI

化妝設計助理：陳建璋

道具設計助理：李挺立

演員：黃兆嶔、王安琪、朱家儀、朱育宏、彭子玲、謝靖雯

舞台監督：高薇婷

執行製作：林品秀

行銷統籌：陳汗青

宣傳：張仰瑄

《第八日》創作起源

這齣戲受再現劇團邀請而創作，跟環保團體共同合作。彼時因家姐學農之故，我開始關心土地跟糧食問題，算是第一個自己土法煉鋼，嘗試田調、找資料完成的作品。演出之後，我繼續在研究所課堂上修改、讀劇，劇名《有的玉米發芽，有的不》。而《第八日》是兩個版本的綜合。

在這次創作時，我才知道，題材的取材難易度、廣度、深度，在在都影響創作成果。我沒有接觸第一手資料的途徑與時間，當時台灣有關農業的參考資料不多，獨立媒體「上下游 News & Market」都尚未成立，要在極度有限的預算、期程做出完整調查，難如登天。因此，劇本改從閱讀的書中取材，以美墨糧食議題出發，讓歐美角色用外文腔講中文，輔以寓言體裁，加入我的想像揉雜而成。當時想著，布萊・希特（Bertolt Brecht）能用他虛擬的中國四川為背景創作《四川好人》*，我為什麼不行？

創作過程中，深感自己瞭解台灣太少，若要取材，唾手可得的幾乎都是國外資料。我吃歐美跟日本的奶水長大，自己過去的養成也沒有長出足夠看待當代、本土議題的文化視野，回頭要處理自己身邊的人事物瞬間找不到語彙。

研究、紀錄、資料的累積，絕對是議題式戲劇創作的重要基礎。近年越來越多人整理記錄，我也在一次次創作、取材中累積對「原創劇本」的思考：沒有其他第一線人員如記者、學者累積在地的資料，我們無法貼著在地創作；但有了材料，到成為一個劇本、一齣當代戲劇，還有很長的距離。

*Bertolt Brecht , *Der gute Mensch von Sezuan / The Good Person of Setzuan*, 1943.

春眠

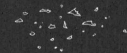

正陽：你怎麼可能拿咖啡壺打她的頭然後她——
美心：為什麼不可能？
正陽：那是玻璃做的——

劇中人物：

林正陽（目前六十一歲。劇中橫跨多個年齡）

徐美心（正陽的妻子，目前五十九歲，罹患失智症。劇中橫跨多個年齡）

敘事者男（內文簡稱「男」。不時分飾其他角色）

　　　　＝李光雄（中風癱瘓、記憶錯亂的年老漁夫，七十歲，操閩

　　　　南語口音，講話含糊）

　　　　＝醫生＝同事（江老師）＝社工＝病人 A

敘事者女（內文簡稱「女」。不時分飾其他角色）

　　　　＝護士（吳若蘭，四十歲，羅蘭安養中心的護士）

　　　　＝女學生（鄭如君）

＊等號（＝）表示由同一演員飾演

女　：就在他們離家的那天早上，美心不見了。

美心：在他們離家那天早上，美心不見了。

　　　美心說，我上樓拿一本書，很快，你在這裡等我。

正陽：上樓拿一本書，很快，正陽在車庫等她。

　　　過了十五分鐘。

　　　正陽熄火、停車，走上樓梯。

　　　美心能去哪裡？

男　：哪裡也沒有去。

正陽：一開門，美心正在把鞋櫃的鞋一雙一雙排好。

美心：嘿，你來啦，美心說。

女　：因為要離家了，美心裡裡外外掃視了家裡，發現鞋櫃很亂。

美心：其實不只鞋櫃，很多地方都被陳年雜物塞滿了，現在也沒那個
　　　體力清了。

正陽：她腋下夾著一本書，說看到凌亂就忍不住要整理。

男　：至少眼睛看得到的地方讓它好看一點。

正陽：我在樓下等妳等了十五分鐘。

美心：你在等我？為什麼？

正陽：妳知道我們今天要去哪裡嗎？

美心：你要是早上起來都不知道該去哪裡，實在應該要重新思考一下
　　　現在的人生規劃。

女　：顯然她忘記了，就像之前她把事情一件一件忘記那樣。

美心：是要去冰島還是祕魯嗎？你的表情好像我們要去世界的盡頭。

正陽：她忘記今天是去安養中心的日子，短短的十五分鐘。

男　：美心繞過他，沿著牆壁行走，她看到某樣東西，停下來，開口
　　　說話。

美心：我應該走失了好多次，但我不記得。你應該常常在超市裡面找
　　　我⋯⋯
　　　如果那時候我記得，我會叫你不要找了，
　　　反正我連「你沒有找我」這件事，都不會記得。
　　　我想我會在河堤迷路，可能，還尿褲子？因為我一定連要尿尿

都忘了。我不知道你為了不要讓我丟臉，決定隱瞞多少——所以——。

（回到現實，對正陽）我們今天是要去安養中心嗎？

正陽：（吃驚的看著美心）妳記起來了？

美心：我看到日曆上面的字，這裡，「美心要去安養中心，九點出發」。我看到就知道了，我一定發生了很可怕的事情，而且我不記得。

你應該直接告訴我的。

（頓）我有沒有寫紙條告訴你什麼東西放在哪裡，什麼家電要怎麼使用？

正陽：有，妳有跟我說。

妳寫了好多好多紙條給我。禮拜一到禮拜天，一天一張，每天分成三個時段，早上下午晚上，每個時段分成不同的地點：廚房、浴室、陽台、客廳、房間。每一個地點分成不同的重點，像「用完電器插頭要拔掉」、「牙刷放在洗手台下面的櫃子」……很多。

美心：（看了正陽一會）你騙我。

（盯著正陽笑了）我一定連要叮嚀你什麼我都忘了。

（頓，帶嘆息的）

你人真好。

打電話給安養中心說我們會遲到。

男　：他沒有立刻去打電話。

（起身）

如果她仍然一眼就能看穿他，其他又有什麼大不了的問題嗎？

（將美心與輪椅直直往後移）

女　：（起身，手上拿著一杯水）半年前開始，正陽家裡的櫃子慢慢一個個貼了標籤，上面標記著櫃子裡面是哪些物品：浴巾、乾糧、垃圾袋、刀叉……

正陽：妳難道不能拉開櫃子來看看裡面是什麼嗎？

女　：（喝水）他沒有問。

正陽：或是，我身上也貼一張，「配偶，林正陽，結婚三十年」。哈。

女　　：（喝水）他笑不出來。

（敘事者女將水杯打翻在地上）

正陽：美心，浴室的水淹出來了！

美心：拿拖把和抹布過來啊，還站在那裡幹麼？

正陽：妳剛剛沒有用浴室嗎？

美心：完全沒有，我還要問你是不是你用的呢，你這粗心人。

男　　：（將抹布遞給正陽）正陽想起剛剛才看到美心從浴室出來。

（正陽一邊抹地，美心一邊看著他）

美心：幹麼？你在想什麼？（盯著正陽）你眉頭皺紋很多耶。

正陽：沒有我沒在想什麼。年紀大了一使力就要皺眉頭。

美心：你騙不了我的，老人家——

正陽：我都跟妳說我沒有皺眉頭了——

美心：（踩水）呵啊！

（美心搶過正陽手中的抹布，在溼溼的地上快步走著）

正陽：不要跑，小心跌倒！

美心：你才不要跑，小心跌倒。

正陽：我很小心的——好了不要鬧了！過來！

美心：不要！

正陽：過來！

美心：不要！

（正陽無奈的回來繼續抹地。美心也跟過來，蹲在一邊）

（美心向正陽潑水）

正陽：再鬧我就潑妳囉。

美心：好哇，你敢潑就潑！

（正陽看著美心，突然把水往自己臉上潑）

正陽：我，我潑我自己……

（正陽淋得自己一頭一臉的水，美心看著他）

美心：你哭什麼？

　　　好！很好！太有趣了。

女　：他們之間總是打打鬧鬧的。

男　：他希望他們之間可以永遠打打鬧鬧的。

美心：好了，不要玩了，（拿出手帕，幫正陽擦乾頭臉）要是感冒了

　　　怎麼辦？

正陽：妳還敢說。

美心：（佯怒）老人家坐好！

（美心擦拭著正陽花白的頭髮）

美心：如果不小心跌倒，可以住院住個半年也不錯啊。

正陽：哪裡不錯，不要拿生命開玩笑。

美心：有什麼不能開玩笑？

正陽：我們沒有那麼多錢。

美心：你去賣啊，賣腎啊、賣血啊。

　　　賣身啊。

正陽：不要拿生命開玩笑！

美心：你好沒有幽默感喔，是我看得起你耶老人家。

眼睛瞪那麼大做什麼？你知不知道你這麼凶醜死了？

笑一個嘛，你笑一個，笑一個……

（正陽面無表情。美心弄亂正陽的頭髮、取笑正陽、捏正陽的耳朵和臉，自己樂得有點發狂，搔癢，要讓正陽笑。正陽動也不動，看起來已經很習慣了。美心拿正陽作樂到有點殘酷，正陽還是沒有笑。美心漸漸感到無趣，收手走了）

美心：（變臉）無聊。你就是這麼無趣的人。

（正陽留在原地，表情幾乎不變）

男　：隔天，一樣的事情又發生了，浴室再度淹水。

　　　這次正陽並沒有叫美心過來，自己一個人把浴室擦乾。

女　：美心覺得自己應該多補充一點維他命，年紀大了。

男　：他也覺得美心應該多補充一點維他命。（頓）不管再貴，他都會買。

（敘事者男變成醫生。敘事者女變成護士，給正陽藥袋）

醫生：（拍正陽肩，正陽起身）林先生，這是維他命 B 群過量引起的皮膚發癢，你知道美心她吃了多少嗎？

正陽：她吃的時候我不在場。

醫生：（頓）以後你最好都要在。她吃了非常多，她根本忘記她吃過了，重複的吃。

　　　（語帶暗示）你該帶美心去……

護士：（多話插嘴）神經內科——

醫生：神經內科。

正陽：神經內科……你是說……

醫生：通常呢，這種病會有明顯症狀出現，神經傳導物質已經減少了

　　　　百分之三十……

護士：四十。

醫生：百分之三、四十了，最好隨時隨地都要有人在她旁邊照顧她，
　　　像顧小孩那樣。你一個人顧不來的話，就要找人幫忙。

（正陽朝遠處的美心走去。美心正坐在醫院一角的某張輪椅上）

美心：誒，老人家過來，你推推看，推推看嘛，這滿好玩的喔？我們
　　　在家裡搞一個這個你覺得怎麼樣？

正陽：又不是不能走路，坐這個幹什麼？
　　　過來，擦藥了。

（正陽拿出藥袋中的藥罐幫美心擦藥）

美心：誒，醫生跟你說什麼？

正陽：醫生說妳吃了太多維他命 B 群。

美心：維他命 B 群？我為什麼要吃維他命 B 群？

正陽：大家都有吃，我也有吃，醫生也有吃。對身體好。（頓）只是
　　　不能一次吃太多。藥就是毒。

美心：就算吃過，我也不記得了。

（兩人沉默片刻，正陽繼續塗藥）

美心：誒，醫生跟你說什麼？

（沉默）

正陽：醫生說妳吃了太多維他命 B 群。

美心：我剛剛問過你了？我說了什麼？我說了什麼嘛？
　　　（語帶驚奇）一點印象也沒有。

春
眠

正陽：醫生說，我們要去看神經內科。

美心：（下輪椅）我們要去看神經內科！哈哈！

（頓）誒，你覺得我多久會忘記這句話？

男　：她對自己慢慢忘記這件事情，似乎抱著一種新奇的感受。她好像拿「忘記」這件事跟他鬧著玩，很多事情她都鬧著玩，就像他們從前那樣。

（老年的美心和正陽轉變成年輕的美心和正陽）
（匆匆忙忙闖進美心家的正陽，發現同學們都走了，又不敢問美心，打算離開）

美心：我爸已經帶其他學生到街頭行動了，你遲到過頭。

正陽：剛剛路上看到受傷的狗，送去醫院所以——

美心：遲到就遲到。坐。

（正陽坐下，美心正振筆疾書。正陽有點想看美心在幹麼）

美心：我在寫遺書，等我死了你就看得到了。（繼續寫了幾個字）開玩笑的。好了，你要聽交響樂嗎？還是工人皇帝布魯斯？啊，〈美麗島〉，左派文藝青年不是最愛聽這些了嗎？

正陽：我不是左派，我只是很尊敬這些知識，也很尊敬老師，令尊。

（美心放了一首流行舞曲）

美心：起來，跟我跳舞。

正陽：……我不會跳。

美心：我也不會。

正陽：我該去找老師他們——

美心：他們現在應該都在警察局。

正陽：那我更要過去。

美心：到了警察局就差不多了要散了，今天的活動沒有要鬧大，做做
　　　樣子。

正陽：（遲疑的）我瞭解，可是——

美心：（果斷的）好啊，你去吧，找到了跟我說一下，我媽一定想去
　　　送飯。（獨自一人扭腰擺臀）

（正陽看美心跳舞，有點害羞）

美心：幹麼還不去？

正陽：（囁嚅）我不知道。

（頓）

美心：看什麼看？看我漂亮？

（正陽沒有講話，只是笑）

美心：我爸的學生每個都說我漂亮。

正陽：我不知道，他們不會跟我說這些。

美心：我媽說我很醜。

正陽：妳不醜啊。

美心：不醜就是漂亮囉。

正陽：（害羞）嗯，漂亮。

美心：（發脾氣）我醜死了。（關掉音樂）這歌好難聽我寧願聽
　　　Blues。幫我倒水。（正陽幫她倒水）太冰了，要溫的——你那
　　　些同學，全部都很煩人，我不跟我爸去抗議，就有好幾個一副
　　　不想去的樣子，我才不理他們——再多倒一點，太少了——我
　　　從來就不喜歡跟我爸去抗議，我寧願先照顧好我自己。我媽只
　　　幫我爸送飯，一次都沒有給我送過，要是他們去抗議被抓，我

餓死了怎麼辦？他們愛世界上所有人但不愛自己的女兒，只有大愛沒有小愛。我才不要跟他們一樣。

（正陽不知道該說什麼，將一杯分量適宜的溫水放到桌上）

美心：（將水推到正陽面前）給你喝。

正陽：嗯？

美心：你是客人啊。不好意思我爸上個月保釋出獄繳了十萬元，家裡只有水了。但我懶得倒，就請你自己倒。

正陽：（急忙禮貌回應）嗯，沒關係、沒關係，我喜歡喝水。（喝水）

美心：怎麼樣？水溫還可以嗎？

正陽：（有點燙到）很好、很好。

美心：你講話都這麼小聲又結巴喔？有人說過你這樣很不像男人嗎？

正陽：有，令尊。

美心：啊，對不起……

正陽：他也沒說錯，其他同學都太會說話了。

美心：你又何必自己貶低自己？他們也不過就出一張嘴啊。

正陽：……對不起。

（兩人陷入看似禮貌的沉默）
（正陽拿起水杯吹涼，開始一口一口慢慢的喝水）

美心：你不是要去警察局？

正陽：喔，對，謝謝妳的款待。

美心：我沒有款待你啊。

正陽：喔，說的也是，對不起……

（正陽起身，轉身欲出門，手插進口袋，手指觸到某樣東西，停下腳步）

正陽：那個……剛剛那位狗主人……

美心：什麼狗主人？

正陽：嗯，我剛剛說的，來的路上救了一隻受傷的狗。

美心：（歪著頭，思忖半晌）我還以為你是編的。

正陽：就是……這個……（遞上兩張票）狗主人送我比賽的門票說是
　　　要謝謝我……送妳。

美心：什麼比賽？我可不喜歡棒球賽，棒球很庸俗。

正陽：不，（照著唸）是第一屆綺麗絲美容造型比賽。我想說，剛剛
　　　好像惹得妳不開心，這個票就——

美心：我沒有不開心哪，是你不開心吧？

正陽：那……反正……給妳跟師母，妳們女孩子應該比較喜歡美容比
　　　賽——

美心：一起去。（抽出其中一張票給正陽）我請你吃飯，算是跟你道歉。

正陽：不用道歉——

美心：（立刻）要。

正陽：妳又沒做什麼——

美心：（立刻）有。

（正陽看著美心，有點不知道該如何應付）

正陽：好那……我什麼時候來接妳？妳想……吃什麼？

美心：所以你覺得我應該要跟你道歉？

正陽：（急了）不是……因為妳說要去，所以我就、我就……如果道
　　　歉的話真的不用……我沒有生氣……嗯……真的不用……（詞
　　　窮，慌張的想將門票塞回美心手裡）

美心：（笑）你真的很不會拒絕別人耶。

正陽：……有嗎？

美心：你是觀世音啊？路上的狗、遇到的人都要靠你來救苦救難？以
　　　後怎麼死的都不知道。（微笑）算了，好像我在欺負你一樣。

春
眠

117

（對正陽示意再靠近自己一點，正陽照做了）

你人真好。

（敘事者男女作小狗叫聲登場）

女　：他們兩人沒有想到這輩子第一次約會竟然是在「貴賓狗美容造
　　　型比賽」會場。

男　：看著一隻隻美容得一模一樣的狗，美心的笑聲傳遍會場，正陽
　　　也笑了。

女　：比賽會場對面的冰果店冷氣開好強，美心感覺到正陽幫她披上
　　　外套的時候，手指停留肩頭的時間比平常多了兩秒。

男　：她常常拿貴賓狗這件事取笑正陽。

女　：每當客廳再度坐滿左派激情學生和她左派激情的父親，她就會
　　　拿這件事取笑正陽。

男　：其他的學生發現他們的親密，很嫉妒，常常要讓他出糗。但她
　　　毫不保留的表示對他的偏愛。

女　：每一次出糗，她都是笑最大聲的那一個。

男　：好像每一次出糗都是一個勳章。（頓）他有時候想問，為什麼
　　　偏愛他？

女　：但他從來沒有問出口。因為，她一定是說，不知道。

（海邊場景。海浪聲進）

女　：沒有得到父母親完全的祝福，他們結婚了。

美心：（回頭看）你看我們留下的足跡好像有十五個人來到海邊耶。

正陽：因為我們起碼走了兩個小時。

（正陽走不動了，就近坐下。美心繼續狂奔至浪花的前緣）

美心：海啊！（奔跑）好久沒有在晚上來到海邊了。（對著海大叫）
　　　海～～！
正陽：海～～！（跟著叫喚但破音，美心狂笑，叫得更大聲）
美心：是海呀～～！！

（正陽笑看著美心。美心衝向浪頭，浪花飛濺）

美心：（大聲的）你覺得好玩嗎？
正陽：（大聲的）好玩啊～～海很漂ㄌ——
美心：（大聲的）你覺得我們結婚好玩嗎？

（正陽一驚，微笑，慢慢跪在美心面前）

男　：她父親並不太滿意這個學生，人很穩當，但軟弱平凡了點。
女　：她威脅父親要是不同意婚事，就立刻加入國民黨，父親只好讓步。
男　：他們結婚明明是喜事，但新郎的同學都在哭。
女　：新娘指著他們，笑得好大聲。

（美心取笑作下跪求婚姿勢的正陽，將他拉起）

男　：婚後在新娘父親的庇蔭下，新郎在大學裡找了個教書的工作。
　　　他教女性主義與社會學，引進歐美前衛思潮。
　　　他與學生們建立了彷彿革命同志的關係。
女　：他們在那裡住了十五年，直到發生一些事情。
男　：很久沒有想起以前的事了，正陽忍不住猜想到底美心還記得多少。

美心：打電話給安養中心說我們會遲到。

男　：她仍然一眼就看穿他，其他的又有什麼大不了的問題嗎？
美心：大概遲個半小時左右。

春
眠

正陽：好，半小時左右。

男　：直到在整整齊齊的鞋櫃面前，美心臉上露出從前那種捉弄人的微笑，正陽才瞬間想起以前的事。非常短暫的一瞬間，甚至自己都沒有察覺自己想了什麼。到底美心還記得多少？哪些事情她先忘記，哪些事情她沒有忘得那麼快？有些事情，他寧願當做美心已經忘記了。

（正陽研究室場景。敘事者男化作同事江老師登場，正陽正在鏡子前整理服裝儀容）

同事：誒，林老師。
正陽：誒，江老師。期末，學生作業很多。請坐。
同事：我剛從醫院回來。
正陽：醫院？怎麼了嗎？
同事：有一個學生割腕自殺了。
正陽：蛤？誰啊？
同事：我的指導學生，鄭如君。
正陽：很嚴重嗎？
同事：人沒事，還活著。
正陽：哎，現在的小孩真是想不開。
同事：她留了一封信。（拿出一封信）
正陽：哎，這真是，現在的小孩。（又低頭改作業）
同事：給你的。（將信放到桌上）
正陽：給我？

（正陽看著同事，又看看遺書，慢慢把信打開，讀了一會兒）

正陽：⋯⋯這根本就是毀謗！太好笑了⋯⋯江老師，這個學生之前要找我當指導老師被我拒絕了嘛⋯⋯你，你也有收女學生，有時

候她們就是來找我們哭哭啼啼，講什麼人生，好像，好像，好像不安慰一下，不把手放到她們身上就是在侮辱她們一樣。

（敘事者女扮演女學生如君。女學生哭泣，正陽見狀，起身伸手按住女學生的肩膀）

女學生：老師我沒事了……（還在抽泣）
正陽：來，如君，喝點熱的。（手離開女學生的肩膀，回到座位上）

（女學生拿起桌上的紙杯，喝了一口，似乎很苦）

正陽：很苦嗎？要不要加糖跟奶精？
女學生：不用不用。（立刻拿起紙杯又喝了好幾口）

（沉默一會兒）

正陽：卡夫卡最好的朋友布洛德是一個很平庸的作家，卡夫卡死前把手稿留給他，要他挑一部分出版，剩下的燒掉。可是布洛德違背了遺言，後世才看得到卡夫卡完整的作品。
　　　（頓）如君，不要拒絕生命中的各種平庸。
女學生：不要拒絕生命中的各種平庸。
正陽：老師也是個很平凡的人啊。
女學生：老師你不平凡！你救了我。
正陽：沒有啦，我沒有那麼偉大。
女學生：自己看自己都不準啦。
正陽：從以前到現在，我最大的優點就是好好把事情做好……
女學生：比方說什麼樣的事情呢？
正陽：就是——好好做好一件事情……
女學生：什麼樣的事情啊？
正陽：能力不足啊，一次做好一件事就夠了。

春
眠

女學生：老師你今天是不是怪怪的？你心情不好喔？

正陽：沒有啦，可能……頭有點不舒服。

女學生：喔，那我教你一招，來，你把手按到耳朵後面這邊，有沒有，一個凹凹的穴道，你就這樣輕輕的揉一揉你就會舒服很多。

正陽：（先是微笑不想照做，但在女學生熱情的逼視下還是把手舉起來）……這樣嗎？

女學生：嗯。（兩人對看並揉著耳後一會兒，女學生突然站起）我覺得你沒有按對。（走到老師身旁，抓起老師的手摸自己耳後）你看，這邊，凹凹的，你就這樣輕輕的揉一揉，你就會覺得比較舒服。（把老師的手放回去）

正陽：（揉著）嗯……嗯……真的有比較舒服了。

女學生：（看著老師）……我以後心情不好還能再來找你嗎？

正陽：（看著女學生）當然可以。

（電話鈴響，鈴聲停止。同事進門，與女學生錯位）

同事：林老師，有個學生打電話到我研究室，要你接電話。

正陽：電話？喔，我沒聽到。

同事：她說是跟你借咖啡壺那一位，說是這樣講你就知道了。

正陽：喔，謝謝。

同事：（轉身離去又轉回來）你這幾年越來越年輕了喔。

正陽：有嗎？最近有在保養。

同事：是啦，我們這個年紀應該要注重身體保養。

正陽：我一直很注意身體健康。

同事：對啦，我就是太懶了，哈哈。

正陽：（見同事還不走）誒，江老師，改天我們去打網球？要運動啊。

同事：好啊。

（同事離去，正陽變了神色。鈴聲大作。女學生與同事變回敘事者男女，朝正陽走來，看著正陽）

女　：他辭職了？

男　：對呀。

女　：主動的被動的？

男　：有差別嗎？

女　：一個比較丟臉一個比較不丟臉。

男　：比較不丟臉的那個。

女　：比較不丟臉的那個……是哪個？

（正陽研究室燈區暗。燒開水的鳴笛聲進，關瓦斯的聲音，燈亮，美心拿著煮水的茶壺走出，正陽坐在場上。現在這兩人是中年的、結婚一陣子的正陽和美心）

正陽：早安。

美心：我又找不到咖啡壺了。

正陽：……我不知道，沒有在廚房櫃子裡面嗎？

美心：就是沒有才會問你。

正陽：昨天不是才用過？

美心：上次煮咖啡是什麼時候？

正陽：昨天啊。

美心：是嗎。

（頓）

美心：你沒有拿去哪裡嗎？

正陽：沒有啊。

（頓）

美心：那昨天到今天這一天之內，你沒有拿去哪裡玩啊、拿去撈金魚
　　　啊或是又被誰偷了嗎？

正陽：（起身）我去找。

美心：不用。你坐下。今天就不要喝咖啡了，喝熱水好了。

正陽：冰箱還有牛奶。

美心：我可以喝熱水。

（美心端出杯盤，兩人開始吃早餐）

美心：今天的早餐，有發現哪裡不一樣嗎？

正陽：早餐——有哪裡不一樣嗎？

美心：賓果。

正陽：什麼？

美心：答對了，外觀上沒有哪裡不一樣。

正陽：所以是……內在不一樣？你是說——

美心：漢堡肉。它的內在吃起來如何？

正陽：……嗯……特別好吃？

（美心微笑）

美心：今天早上淑芬跟志強他們那群到公園去野餐了。

正陽：台灣的公園有什麼好野餐的。

　　　（頓）空氣很差、人很多……（頓）很多狗大便。

美心：我們沒有被邀請。

　　　（頓）沒有任何節日邀請、郊遊邀請，所有人都說他們相信然
　　　後不邀請我們。

正陽：我真的是無辜的……都已經離職了，跟以前的同事和學生也都
　　　斷絕聯絡了——我到底要怎麼做我——

美心：我知道，我相信你。

正陽：對不起，害妳不能去野餐。

美心：不用道歉，我一點也不想去。淑芬太讓我失望了，這麼多年的
　　　鄰居。

正陽：他們有他們的名聲要顧。

美心：所以我就跟淑芬說志強摸我胸部的事。

正陽：妳怎麼沒跟我說！

美心：我跟她說她老公趁喝醉酒摸我胸部說我比她性感一百倍。我這麼跟淑芬說了。

正陽：妳跟我說我就會去狠狠的揍他——

美心：然後淑芬就說我性感是因為我生不出小孩。可是男人都有繁衍的慾望，所以你才去找其他女人。

正陽：簡直就是毀謗！我從來沒有這樣想過……而且我什麼都沒有做！

美心：我相信你，所以我就殺了淑芬。

正陽：……蛤？

美心：我殺了淑芬。

正陽：蛤！

美心：昨天晚上我太生氣了，一時氣不過拿咖啡壺打她的頭，她就不動了。

正陽：你怎麼可能拿咖啡壺打她的頭然後她——

美心：為什麼不可能？

正陽：那是玻璃做的——

美心：對耶，我怎麼會拿玻璃做的呢……我應該要拿以前被偷那個啊，不鏽鋼的嘛……（頓）反正她不會動了。
（頓）反正她不會動了。

正陽：（這才會意過來）那人呢？

美心：就在這裡。

正陽：在這裡？

（美心一個眼神示意，正陽低頭看著盤子）

正陽：你是說……

春
眠

（美心點頭）

美心：夠我們吃一個月了。

（正陽手握著叉子，不動）

正陽：哇！（頓，笑出來）我真的有嚇到。

美心：省一點可能兩個月。

正陽：好，志強有發現嗎？他要是發現淑芬都沒有回家——

美心：就坐牢而已，可能無期徒刑吧。

（頓）

正陽：哈！妳逗我啊？是很好笑，可是我現在笑不出來——

美心：我去跟志強睡一晚。

正陽：妳說什麼？

美心：這樣他就不會提告了。

正陽：我、我認識妳一輩子都不知道妳什麼時候講真的什麼時候講假
　　　的。

美心：你覺得跟法官說我家庭失和、得憂鬱症，會減刑嗎？

正陽：（頓，笑）這個好笑。會。（把刀叉放下，起身）

美心：你怎麼了？

正陽：好了！妳要說什麼就直接說，妳是要說我……（停頓）

美心：什麼？

（沉默，正陽不動）

美心：我要說你什麼？
　　　（頓）正陽。

（正陽不動）

美心：如果我坐牢，關了三十年，老得快死了，你被叫來簽署……放
　　　棄急救同意書，我又老又病，認不得你，也不會記得你跟我說
　　　過什麼，

（正陽不動）

美心：你還是會跟我說，你什麼都沒有做嗎？

（沉默）

美心：好了，你去把咖啡壺拿過來。在廚房櫃子裡。

（頓）

正陽：不用了。（頓）
　　　它早就不見了。

（兩人沉默良久）

正陽：（跪到美心旁擁抱美心）美心，我愛妳。我愛妳……

（美心沉默）

正陽：不要再說什麼殺人了……
美心：我以後會殺。
正陽：……殺人不好，打人不好……我們不要做不好的事……妳最好
　　　了……最棒了……

（美心完全不看正陽一眼）

美心：那個年紀的女學生動不動就覺得自己茂盛得不得了，好像連路
　　　上的狗都會來強姦她一樣。

正陽：美心，我愛妳……勝過自己的生命……妳要什麼我都給妳……
　　　不要說什麼殺人好不好……

美心：我們不需要任何朋友。

正陽：……妳不要這樣說，我很抱歉……對不起……我愛妳……我愛
　　　妳……都是我的錯……美心……妳不要再這樣子了……

（正陽一片混亂。美心仍然不看正陽）

美心：沒有朋友、沒有工作，只有一間破爛的專科學校要你。
　　　搬了好幾次家，因為人家會指指點點。我很多年沒買新衣服
　　　了。

正陽：我愛妳……是我不好……美心……美心……（跪在地上）

（沉默）

美心：我知道，我相信你。
　　　（頓）
　　　好了。你去把咖啡壺拿過來吧。
　　　（拿杯子）這是熱水。去幫我倒一點咖啡過來。

（正陽看著美心）
（燈暗）
（黑暗中）

男　：好暗。

女　：因為你眼睛是閉著的。

男　：我張開了。

女　：我沒看見。

男　：因為妳眼睛是閉著的。

女　：我不要看到我不想看到的。

男　：這個世界很美麗。

女　：那是因為我眼睛是閉著的。

（車燈，車聲）

（場上變得安靜，正陽開車載著美心。此時兩人變成現在老年的樣子）

美心：快到了喔。

正陽：從這邊右轉就到了……那裡比較靠近深山，空氣很好，妳一定
　　　會喜歡。以後可以去附近爬山。

美心：爬山很好。

正陽：可惜離書店很遠。

美心：沒關係，你再幫我帶書來。

正陽：但是有一所高中，可以去操場運動，（看車窗外）那裡有一隻
　　　狗躺到路上了。

美心：（平和的）那個年紀的女學生連狗都要。

正陽：（吃驚，轉頭）妳說什麼？

美心：（迷惑不解）嗯？我說了什麼？

（頓）

正陽：沒有，沒什麼。

（海浪聲進）

美心：你看，是海耶。（看著正陽，兩人很有默契的笑著）是海唷。

女　：你看，是海耶！是海哪！（衝到台前）

男　：（阻止了敘事者女）其實那裡並沒有海。他們在山裡。山裡並
　　　沒有海。
　　　就像她沒有意識的，說了很多年以前曾經說過的話，
　　　正陽不知道美心相不相信他，不知道美心記不記得那時候相不
　　　相信他。
　　　只是，美心總是以她的方式給別人安慰。

女　：而她總是看得到海。

（正陽和美心轉變成年輕的正陽和美心，兩人在海灘上跑著）

美心：（大聲的）你覺得好玩嗎？

正陽：（大聲的）好玩啊～～海很漂ㄌ——

美心：（大聲的）你覺得我們結婚好玩嗎？
　　　（頓）會好玩吧！我們結婚會好玩吧！

正陽：對！結婚！我想跟妳結婚！（變得激動）我們結婚一定會很好
　　　玩！（緊緊抱住美心）我們現在就結婚！跟妳在一起我好像可
　　　以變成更好的人！妳讓我想要努力更努力！我愛妳！

美心：（推開正陽）你跪下！

正陽：（立刻跪下）美心，全世界獨一無二的美心，請妳嫁——

美心：前滾翻！

（正陽前滾翻）

美心：側手翻！

（正陽側手翻）

美心：打噴嚏！

（正陽打噴嚏）

美心：大猩猩！

（正陽模仿猩猩）

美心：可以了。

（正陽跪下）

正陽：美心，請妳嫁——
美心：（再度下指令）跟我說我們老的時候會怎樣。
正陽：美心，我們會成為更好的人，生一堆很好很好的小孩子，然後
　　　他們又生一堆很好很好的小孫子……我會是一個很好很好的老
　　　爺爺，妳會是一個很好很好的老奶奶……我們在一起很好、很
　　　好。美心……美心？

（美心又開始搖晃起來，彷彿在海上，又彷彿在路上）
（兩人的時空轉變成開車去安養中心的那天。車子停了，羅蘭到了，
正陽叫喚美心）

正陽：美心。
美心：到了吧？
正陽：到了。
美心：羅——蘭——安——養——中——心。
正陽：羅蘭安養中心。

（小房間的門緩緩打開，敘事者女扮演的護士與敘事者男扮演的社工
現身）

美心：名字很美。

正陽：環境也很美。

美心：那，再見囉。

正陽：嗯，掰掰。

美心：（停住）安養院……這是我們一起決定的嗎？

正陽：當然啊妳都忘了嗎？妳跟我說，這裡最漂亮。

（頓）

美心：再來看我。

正陽：（極難察覺的猶豫後）好。

美心：沒關係，反正我不記得。

　　　（頓）

　　　很多事情我都不記得了，這樣很好。

（美心慢慢走遠）

（換景：數個時空不斷跳躍、交融的場景，進入較具象的「羅蘭安養中心」）

護士：林先生，入院手續已經完成了，歡迎你隨時來看林太太，你明
　　　天要過來也沒有問題。

正陽：好、會，我會的。

護士：本院的宗旨是多鼓勵家屬常來探望，以維持他們跟外界互動的
　　　能力。環境滿意嗎？

正陽：很好。（沉默一陣）

護士：有什麼問題都可以問我。

正陽：（頓）不好意思，我學校有事，必須要出國一個月。這一個月
　　　我都不會在台灣，而且聯絡上很不方便。

護士：一個月？好的，那你看你什麼時候方便打電話過來瞭解狀況都
　　　可以。如果電話不是我接的，你就找護理站陳小姐——

正陽：好的，不好意思，我飛機來不及了，等等下午就要上飛機。非
　　　常感謝，麻煩妳多照顧我太太。

（正陽轉身離開，護士和社工看著正陽的背影）

男　　：正陽能去哪裡？他哪裡也沒有去。
　　　離家的那天早上，他，立刻又回家了。

（美心站在安養院入口處，轉身，直直向外看。正陽打電話訂披薩）

正陽：你好，我要一個小的披薩。都可以，不用，不用加大，我一個
　　　人吃不完，貴多少？沒關係不用，我一個人吃不完。外送外
　　　帶？有什麼差別？

（兩人轉換成當年新婚不久時，正陽在修燈的場景。美心所在的空間
傳來過去時空的音樂）
（美心現身，探出頭來）

美心：林──老──師！你在上面幹麼？
正陽：我在換燈泡，燈泡壞了！
美心：修得怎麼樣啦？我們廚房漆成鵝黃色好不好？
正陽：鵝黃色？喔好啊。會不會、嗯鵝黃色，好啊。
美心：會不會什麼？會不會弄髒啊？
正陽：對啊。
美心：弄髒就弄髒啊。
正陽：但髒了很難清吧，廚房的油污是很──
美心：髒了你會弄乾淨吧？
正陽：當然會啊！
美心：那就鵝黃色囉。

（兩人持續工作，美心放音樂，哼唱，正陽跟著哼唱）

（時空轉換，老年的正陽打電話）

正陽：護士小姐，美心最近好嗎？

護士：徐美心？喔我真的非常喜歡她——請問哪裡找蛤？

正陽：謝謝，敝姓林。

護士：林先生？還在國外？吼這電話費很貴捏！

正陽：⋯⋯還好，美心好嗎？

護士：還好，有點小感冒。

正陽：感冒？很嚴重嗎？

護士：我不是說了，小感冒。不用擔心，剛換環境都會這樣子。你知
　　　道小學生入學，都會感冒的吧？那不是真的病啦，面對新的事
　　　物體質都會改變。（頓）阿明，你再搶人家的牌我就把你的手
　　　剁掉。（回到話筒）她最近認識了新朋友，不用擔心。

正陽：什麼新朋友？

護士：阿明！不要吵架！放手！不好意思喔。阿明！（掛上電話，傳
　　　出嘟嘟聲）

正陽：什麼新朋友？

（燈光變化。電話鈴聲再度響起）

正陽：你好，我想去看看美心。我姓林。

護士：喔，林先生。你回國啦？

正陽：是的，提早了。請問美心感冒好了沒有？

護士：明天要過來嗎？要過來我幫你登記一下。排隊！你們要排隊！

正陽：我想請問，妳上次說到新朋友——

護士：你來呢，情緒要穩定，要給美心穩定支持的力量，啊，她要你
　　　幫她帶一些衣服和書。

正陽：什麼⋯⋯什麼新朋友？

護士：誒，你預約過一次探訪，但你沒來。這樣不可以喔，要我們

　　　　　啊？你明天會出現吧？

正陽：會，當然，對不起，美心她——

護士：你帶一束花來好了，不要太香也不要太鮮豔。（頓）

　　　　嗯，帶一束花過來吧，百合好了，我喜歡百合。（大叫）不要

　　　　吵架！放手！

正陽：什麼新朋友？

護士：美心真的是我看過最出色的病人了。（大叫）喂！不要吵！

正陽：什麼新朋友？

（護士電話匆匆掛掉，嘟嘟聲傳出。正陽默然一會，掛上電話）

男　：林正陽去買花，探望徐美心。

女　：徐美心在吃藥。

男　：羅蘭安養中心的資深護士吳若蘭叫 207 號病房的徐美心吃藥，

　　　　徐美心立刻就出現了。

女　：她一點都不像個病人。

男　：她一點都不像其他病人，

女　：其他剛入院的、搞不懂自己身在何處的病老人，

男　：像剛入學的小學生一樣，茫然的看著走著。

女　：有幾個煩了累了，原地蹲下，

男　：哭著找媽媽，

女　：耍賴不吃藥。

男　：護士吳若蘭會立刻見獵心喜的失去耐性，將病患一個一個抓過

　　　　來，

女　：然後嚴肅的發表「病人拒絕服藥將受到的嚴厲懲罰」相關演說。

男　：病人一臉茫然，吳若蘭不管，她有強烈的說話之必要。

（美心現身，她穿了一條紅裙子，走走停停看看）

春
眠

女　：直到徐美心走過來，走得那麼確定，眾人像紅海一樣一分為二。

男　：她一定有按照某種黃金比例走路，不然不會那麼筆直；

女　：她一定也按照某種黃金比例坐下，不然不會那麼優雅。

男　：她的嘴角歪成一種介於嘲諷和同情、介於正三角形和直角三角形的神祕角度。

女　：要不是她掛著名牌，按照吳若蘭多年來對人類的觀察心得，徐美心會被判斷成前來探病的家屬，還是個隱姓埋名的藝術家。

男　：雖然吳若蘭不認識任何藝術家，但對吳若蘭來說，藝術家就是像徐美心這樣。

女　：入院的隔天，徐美心把自己的大便抹在廁所牆上。

男　：吳若蘭將一切清理乾淨，把徐美心整個人用力的泡進熱水，生氣的走了。

女　：徐美心一路跟著若蘭，滴著水，一直說，她要跟她回家。

男　：吳若蘭帶徐美心回 207 號房，吹乾頭髮，美心就說她不記得這件事了。

（敘事者女變成護士，敘事者男變成病人 A。病人 A、美心從護士手上接過藥杯）

護士：徐美心，過來吃藥。

美心：可以跟我解釋這些藥有什麼療效和副作用嗎？

護士：（因病人 A 分心）妳說什麼？不好意思妳可以再說一次嗎？

美心：（微微一笑）妳可以解釋這些藥的療效和副作用嗎？

護士：（疑惑的）妳知道這個幹麼？

美心：吃進肚子裡的東西，我不用知道它會產生什麼效果嗎？
　　　（頓）
　　　雖然我可能不會記得，但我會很高興妳告訴我關於藥的事。妳給藥，我吃藥，是一種合作，我希望我們合作愉快。（頓）
　　　而且妳這麼會說話。

男　：吳若蘭先是生氣、不悅，覺得美心故意挑戰她，畢竟吳若蘭是

專業的護士。吳若蘭說著，美心聽著，然後，若蘭開始感到認
　　同以及敬重，發現原來她的醫療知識那麼有趣。以後碰面，她
　　們就要聊上幾句。

女　：美心機智、戲謔、冷靜，更棒的是，美心忘得很快，前天說的
　　　內容今天可以再說一遍，昨天說的內容後天可以再說一遍，不
　　　像若蘭的丈夫和兒子，總是嫌她一直重重複複、嘮嘮叨叨。美
　　　心，真的是最好的說話對象。

男　：若蘭會跟美心分享其他病人小故事，像是，303 號房的宋爺爺
　　　總是戴著一個眼罩，因為他一隻眼睛爛了；108 號房的王奶奶
　　　會偷偷把早餐的花生藏到床底下，引來一堆老鼠——

護士：（接下去說）108 號房的王奶奶會偷偷把早餐的花生藏到床底
　　　下，引來一堆老鼠，（美心：哦！）這就是為什麼她整天吵著
　　　要養貓，真的很煩就不能養啊，對不對？對不對？204 號房陳
　　　爺爺，從來沒有家人來看過他，因為他脾氣太壞了，光是住到
　　　數字 4 的房間就可以罵三年，（美心：為什麼？）說我們要他
　　　死啊，他不死我都要煩死了；隔壁 205 號房簡阿嬤的孫女人很
　　　好但到哪都要搶焦點，每次來看阿嬤還要連陳爺爺一起探望，
　　　叫人家阿公阿公；陳爺爺不服老，說我不是你阿公，可是過年
　　　時還會去護理站跟我們要紅包袋包紅包給簡阿嬤的孫女，（美
　　　心：包紅包……）這是什麼新的詐騙手法嗎……？（美心：詐
　　　騙集團？）唉唷我不知道啦但他們都很可愛讓我學習到人生的
　　　不同面向。

男　：美心總是笑笑聽著，津津有味的追問細節，將若蘭說的事情寫
　　　在一本小冊子上，隨時可以查閱。這是她抵抗遺忘的方式。

護士：啊！404，李光雄。

男　：然後，若蘭提到了光雄，404 號房的李光雄。

美心有了一點反應。

美心：兩個 4 ？

護士：他不在意啦，他是漁夫。

美心：漁夫？捕魚的那種？

護士：在外面是什麼不是重點，進來都一樣，還不都是有病。（頓）
我不是說妳啦美心，（頓）妳病得比較輕。李光雄就很嚴重，
記憶錯亂，以為我是他的國小老師，說我一直管他，我哪有這
樣。反正喔，要是他亂叫妳表妹乾妹什麼妹的，不要理他，他
又把妳當成他的誰誰誰了，發神經。

美心：這樣才好啊，有的人連生病了都還要壓抑、忍耐。發神經很好
啊。

護士：（略帶驚訝）美心！妳在說什麼。

美心：好啦，我不會理他。（頓）美心是？

護士：（更驚訝）美心是妳啊。美心妳——
來，寫下來喔，我是徐美心……

美心：……哈！我當然知道。（頓）考考妳記不記得罷了。

（敘事者女／護士與敘事者男會合，敘事者男換裝完成，坐在輪椅上，
護士將光雄推到美心身邊）

男　：然後，美心在交誼廳遇到了光雄。

女　：總是會遇到的，地方就這麼大。

男　：光雄看了看美心，美心看了看光雄，不知道哪一拍，兩個人開
始攀談起來。

女　：可能只是美心禮貌的跟光雄借過，因為他的輪椅塞住了走道；
也可能是光雄想叫美心移動他一下，因為走道被他的輪椅塞住
了。

光雄：（重複用閩南語呼喊）阿青妹，回去新竹。阿青妹，回去新竹。

美心：你好，我是徐美心，剛住進來。

女　：美心移動光雄的輪椅，光雄抓住美心的手腕。很可能美心聞到
　　　一股熟悉的、懷念的海的味道，不然爲什麼她沒有閃開？

美心：借過，你這邊要讓一個通道給別人過喔。（試圖要推光雄的輪
　　　椅）

女　：可能光雄要失去平衡時很習慣抓船上的纜繩，他以爲他抓的不
　　　是手腕是纜繩，不然他爲什麼不放？

光雄：（抓住美心的手）怎麼瘦這麼多？
美心：生病歸生病，但不能一直造成別人的負擔。
光雄：明天我去抓兩條石斑，給妳補一補。阿青妹！
美心：借過一下，要讓別人過喔。
光雄：阿青妹！我們回新竹！
美心：借過一下喔。（試圖移動輪椅）
光雄：二十歲的時候，我們在新竹！

（光雄希望美心坐下。美心逐漸屈服於光雄充滿執念的語氣，一方面
也受到吸引）

光雄：阿青妹，我家那個瘋查某死了，阿青妹，我這輩子最不對的就
　　　是娶那個瘋查某，阿青妹，我對妳不起，說好去台北打拚，誰
　　　知道給那個瘋查某纏上，纏著纏著肚子就大起來了──阿青
　　　妹，對不起！
　　　結婚前我偷偷跑回去新竹，想看看妳。
　　　我本來想問妳要不要做我老婆，但妳送我魚，恭喜我，現在妳
　　　知道我是去看妳的──妳一邊刮魚鱗一邊哭。
　　　阿青妹，現在又遇到妳了，我要跟妳過我剩下的日子，等我死

春
眠

139

了，財產都是妳的。妳是我這輩子唯一想娶的女人。

阿青妹，妳是我這輩子唯一想娶的女人。

阿青妹回去新竹！回去新竹啦！

（美心盯著光雄，像是下了什麼決定）

美心：阿……青……妹……。我是阿青妹。

光雄：阿青妹，回去新竹啦！

美心：你是誰？

光雄：……光雄，李光雄。

美心：（看本子）李……光……雄，捕魚的李光雄？

光雄：捕魚的，光雄……我李光……

美心：（看著光雄，突然很篤定的）你是魚仔。

光雄：光雄……我李光……

美心：你是魚仔。

光雄：魚仔……

美心：你是魚仔。（把光雄抓過去聞一聞）有海的味道。（想了一下，
　　　寫下）有……海……的……味……道。

光雄：我不是魚仔。

美心：魚仔，很辛苦喔？

（光雄把頭靠在美心身上，呆呆的注視前方）

光雄：（繼續否認但態度轉變）我不是魚仔。

美心：（溫柔的）魚仔魚仔水中游……

（美心推著光雄的輪椅漫步。正陽上場，手裡拿著一束花）

正陽：這束花是要送妳的，好久不見。很奇怪吧。我都沒送過妳花。
　　　妳竟然要百合，百合不是很普通嗎？

我以爲要是東西太普通，妳不會當一回事。

妳應該過得滿習慣的吧？妳到哪裡都可以很好。我也過得不錯，家裡變得很乾淨，我想說我要去運動，買了一顆籃球，雖然我沒有去打不過妳知道一旦有了運動的想法，整個人就會變得比較輕快。

聽說妳交到好朋友了，那很好；聽說他以前是漁夫，你們會一起散步，聊聊海啊魚啊——我不知道妳對魚那麼有興趣，妳跟別人聊魚的畫面還滿⋯⋯的。魚！哈哈！

鮪魚！翻車魚！

我還以爲我不在妳會有點不習慣，不過妳跟別人聊一些沙丁魚、烏魚，很新鮮，我這是雙關喔。

下次介紹我跟妳的新朋友認識。

聽說妳會幫他躺到床上。聽說護士會弄痛他的腿，但妳不會。整間安養中心就妳不會弄痛他的腿，妳好棒，妳總是讓別人開心。

（頓）

妳是怎麼把他扶上床的？

（頓）

這束花是要送給妳的。

（美心接過花束，與正陽錯身）

美心：魚仔、魚仔，剛剛有人給我花耶。百合花。很漂亮。

光雄：誰給妳花啊？妳被騙錢囉？

美心：有人給我的啦，好漂亮。

光雄：誰給妳的？我要把花丟掉！

美心：不知道啦。

光雄：我要把花丟掉！

美心：剛剛去上廁所，一出來看到一個人在門口，嚇死我了，他把花拿給我，什麼都沒說就走了。

光雄：我要把花丟掉！

美心：很漂亮啊，不能買嗎？

光雄：我買……我買……

美心：你覺得漂亮嗎？

光雄：我買啦。

美心：不要啦，不要買，很貴。

光雄：麥啦！（閩南語的「不要」跟「買」同音）

美心：不要啦，不要買。（端詳花束）啊是多少錢啊？

光雄：麥啦！

美心：好會買喔，很貴吧。

光雄：不貴啦。

美心：你買的東西，漂亮。

光雄：還好啦。

美心：你買的，漂亮。

光雄：（有點羞澀的）……還好啦。

（兩人微微一笑，氣氛旖旎。兩人盯著花看，美心把花放在光雄腿上，
兩個人互相微笑，一段沒有語言的交流。光雄睡著了）

護士：該睡覺了喔。

美心：好，等等就去睡覺。

護士：這個花是妳先生今天送妳的啊？

美心：花？

護士：花啊。

美心：（看著花想了一陣）給妳。

護士：哎唷，謝謝啦，這麼好喔。妳先生給妳的我不好意思拿。

美心：給妳，妳是好人。

護士：（接過花）啊這個花好香喔。

光雄：（略微醒來）阿青妹……

美心：魚仔，我在這裡。

護士：美心，我帶李光雄回房間好了。

美心：噓。（指指自己）阿－青－妹，（頓）我帶他回房間。
護士：美心，我們這裡有規定，安養中心的男性長輩跟女性長輩……
美心：晚安。（推走光雄）我也有我的規定。妳是好人對吧。

（美心看著護士微笑，護士只能默默的順著美心）

（護士／敘事者女聞了聞花香。換場）

女　：只來送花就跑走的林正陽，第二天，再度回到了羅蘭安養中心。
　　　他想認識美心的新朋友。

（正陽從門口出現，慢慢的晃進室內。美心坐在桌前，正在愉快的布置復健用的紙張，看到正陽，露出大大的微笑。正陽看到美心笑了，自己也笑了，兩人就這樣笑來笑去，美心遞了一張紙給正陽）

美心：你慢慢來，摺久了就會了。以前在學校也流行過，中國結幸運
　　　帶摺紙花什麼的，有個男同學做出了心得，還跑去當老師。
正陽：那是柯志偉。
美心：你也認識他啊？你這邊跟這邊，要對摺。

（美心低頭摺紙）

正陽：為什麼要摺紙啊？
美心：先幫魚仔摺，等等他就不會那麼辛苦摺這麼多。
正陽：蛤？妳說什麼？

（美心露出羞澀的笑，揮手要正陽別問了。正陽無法再問，只好端詳手中的紙）

正陽：妳過得好嗎？
美心：他們都說我胖了。你呢？

春
眠

正陽：我⋯⋯還好。

美心：你很瘦喔。（捏捏正陽的手臂）

正陽：（眼圈要紅）沒有啦，沒什麼變，差不多就這樣。

（正陽看著美心，美心微笑，低頭摺紙）

正陽：（溫柔的）美心，妳想出去散步曬太陽嗎？美心？（見美心不
　　　理，輕拍她的肩，美心才抬頭）

美心：怎麼了？

正陽：（有點不知所措）妳想出去散步嗎？

美心：這個你要問護士，或旁邊的人。或者你可以跟若蘭要點心來吃。

正陽：妳知道我是誰嗎？

美心：（聽到正陽問，溫柔的看著他）沒關係剛開始都這樣，有時候
　　　會搞不清楚自己是誰，慢慢你會想起來。（摸正陽的肩）你不
　　　要怕，很快就習慣了，就算想不起來，你也會過得好好的。你
　　　要哭啦？

（護士推著光雄進場）

美心：（喜不自勝）魚仔！（從護士手中接過輪椅）魚仔！來！（對
　　　正陽致歉）不好意思他手會痛，脾氣不好，你不要嚇到。

正陽：⋯⋯不會。

美心：魚仔，人家新來的不要嚇人家，（和之前遞紙給正陽相同的動
　　　作）你只要照摺過的線摺，手就不痛了。

（光雄很不想摺紙，胡亂的拿起來摺）

美心：要不要喝茶？還是咖啡？

（光雄胡亂的講了什麼）

美心：我知道，魚仔要喝茶。兩包茶包對吧？

光雄：兩包！

美心：兩包。

光雄：阿青妹，我要哭。

美心：不要哭，啊人家是新朋友，招呼一下才有禮貌嘛。你有沒有禮貌？魚仔，你有沒有禮貌？

光雄：「禮貌」（閩南語）是小小尾的魚，拿去做飼料的，送給我吃我都不要。（又低頭摺紙，折得很辛苦）

美心：很好，你很乖。我去泡茶，你不要打人喔。

（美心起身走去泡茶，正陽望著她）

美心：魚仔一次都要喝兩包，真的太濃了，你也幫我念念他，很傷胃。幫你泡一包就好了好不好？

正陽：我也一次喝兩包。

美心：你也跟魚仔　樣？

正陽：是他跟我一樣。

（美心嚇到）

正陽：（頓）魚仔是你的新朋友？

美心：喔，他喔。哈哈，很妙喔。（對光雄）魚仔你乖，要繼續拗喔（閩南語）。

　　　（把正陽拉到一邊）我很多年以前就認識他了。他寒暑假都在我家外面巷口的雜貨店打工，那是他阿姨開的。每次去買東西，他都會偷偷幫我把零頭去掉，可是從來不敢約我出去。一開始我覺得很可惜，為什麼不是年輕的時候在一起？可是呢，現在遇到真的是最好的。現在是最好的。（坐回光雄身邊）我們常常一起看海對不對？你是不是在海邊跟我求婚？

正陽：那是我，美心，那是我。

光雄：阿青妹，我們回新竹了。（含糊不清）

美心：對啊，就是在新竹，新竹甘有海邊？

光雄：阿青妹，回新竹了。

美心：哈哈，魚仔很想回新竹駒。

　　　（打光雄的手）誒，你偷懶，沒有折喔。你要折，手才會越來
　　　越好喔。來，像這樣，對折，再對折。

正陽：（自己找話題重新加入）他手怎麼了？

美心：（嚇了一跳）他……他手張不開。

光雄：阿青妹，我們回新竹了。

美心：啊你不是在新竹跟我求婚？

光雄：阿青妹我對不起妳。

美心：對，魚仔，對折，再對折。

正陽：妳真的不知道我是誰嗎？

光雄：（把紙丟到地上）我不是魚仔。我要哭。

正陽：我是林正陽。

美心：你要乖，你要乖！（憐惜的擁抱和撫摸光雄）不好意思你剛剛
　　　說你叫什麼？我有時候會忘記……（拿出小冊子）

正陽：我是林正陽……

（護士開門，手上提著手提音響）

護士：體操時間到啦！羅蘭安養中心每天早上十點的體操時間！各位
　　　爺爺奶奶、阿伯阿姨，一起來做體操！（對著門內喊）阿青妹，
　　　一起來做體操！

美心：魚仔在摺紙啦！我不要去！

護士：下次要來喔！

　　　（轉過身去，背台，開始在門外做起體操）來，舉起你的右手，
　　　拉一拉；舉起你的左手，拉一拉——（國台語，可自行發揮，
　　　有一小段是護士做體操的口號聲，正陽呆呆的望著美心，美心
　　　一直跟光雄耳語，微笑，耳語，要光雄跟著動一動，美心和著

　　　　樂聲，要光雄看，就好像當初跳舞給正陽看那樣）

美心：（對光雄）起來，跟我跳舞。

（音樂漸從范曉萱的〈健康操〉穿插到 Blondie 的〈Heart of Glass〉）
（正陽和光雄 / 敘事者男一起看向美心）

美心：（如同正陽記憶中初遇的美心）起來，跟我跳舞。

（燈暗。黑暗中，只看到正陽陰鬱的臉。燈亮時，美心坐在桌前寫字）
（護士轉回敘事者女身分，轉過身來）

女　：正陽想起來了，那時候，他也就只是一棵樹。
　　　那時，才剛結婚不到一年，正陽在岳父介紹的學校教書，美心
　　　在家裡寫作。
正陽：我走囉。
美心：（低頭寫字）拜拜。
正陽：我走囉。
美心：（低頭寫字）拜拜。

（正陽頓了一下，走出門去，畫面定格）

正陽：我回來了。
美心：你回來啦。

女　：正陽下班回家，美心總是會分享今天誰來了，說什麼笑話，誰
　　　來了，帶什麼野菜，散步時怎樣怎樣，她寫了什麼什麼。美心
　　　總是這麼有趣，這麼好玩。每天都是這樣。
正陽：我走囉。
美心：（低頭寫字）拜拜。
正陽：嗯，拜拜。

春
眠

女　：美心總是那麼有趣，這麼好玩。每天都是這樣。

（正陽看了看美心，出門。正陽走到一半停住，畫面定格）

女　：今天，他突然想知道今天，今天晚半小時回家，會怎麼樣？或
　　　許今天是很不快樂的一天，可能被罵，可能被同事暗中聯手排
　　　擠，但也沒有人記得了，總之他要晚半小時回家。可是他不能
　　　一直待在學校，他岳父還有一年才退休，學校的同事會一直盯
　　　著他看——
男　：（突然插話）其實嘛無人欲看他。（閩南語，不是光雄的語氣）
女　：學校的同事會一直盯著他看，再加上他不願意去別的地方——
男　：（站起）其實他嘛無任何所在倘去。（閩南語）

（敘事者女看著敘事者男，敘事者男坐回輪椅）

男　：事實上沒有人會盯著他看。
　　　事實上他沒有任何地方可以去。

女　：他最後還是走回家，貼著二樓客廳窗戶下面的牆壁，盯著手
　　　錶，等著半小時過去。
　　　他想知道，今天晚半小時回家，美心會怎麼樣。
　　　會不會跟他想像的一樣。
　　　（頓）
　　　訪客還是說著笑話。
　　　今天沒有野菜，但大家吃著水果。
　　　時間一分一秒過去，正陽蹲著，他的腿都麻了。
　　　喀搭一聲，門開了，訪客們離去。
　　　正陽一個驚嚇，跌入樹叢，
　　　幸好，沒有人注意到他。
　　　只是在跌倒的瞬間，他手摸到一陀狗大便。

這陀大便讓他非常、非常、非常憤怒。

就好像是美心親手把狗大便放在他會跌倒的地方。

房子裡面一如往常的安靜，泡茶的熱水滾了。

美心親手泡著茶。

半小時過去了。

（頓）

正陽決定把時間寬限個十五分鐘，不，再三十分鐘好了。

如果。

再四十分鐘。

美心有一絲一毫慌張。

打電話去學校。

甚至只要探頭到窗口看一下。

正陽就會，

原諒她。

（一個漫長的停頓）

男　：時間到了。

女　：還沒有，還有兩分鐘。

　　　（對美心）站起來吧，美心，到窗口看一下吧。

　　　看看窗外的樹，對眼睛很好。

男　：何必呢？

　　　還有一分五十五秒。

女　：那時候，他也就只是一棵樹。

（四個人等著，一段長時間的等待。突然燈全暗，全然的黑暗中）

正陽：我回來了。

（黑暗中窸窸窣窣）

美心：你回來啦。

（黑暗中窸窸窣窣）

美心：你怎麼了？
正陽：（語帶顫抖）我今天回來晚了。
美心：喔？（頓）對耶。我太專心了。（聲音帶笑的）你去哪玩了？
正陽：……我不記得了。
美心：你聽一下我今天想的東西：
　　　女孩——昨天說的那個——女孩決定再等十五分鐘，二十分
　　　鐘，不然三十分鐘好了。如果男孩好好道歉，或是打了電話，
　　　甚至這些都不用做只要出現時一臉慌張，女孩就會，原諒他。
　　　但這些都沒有發生。她一直在原地等，生了根，那時候她也就
　　　只是一棵樹。

（一聲巨響或音樂）
（美心的那段文字，不斷縈繞在空間中）
（燈亮，羅蘭安養中心的櫃檯處，護士與正陽正在辦手續）

護士：這邊簽名。

（正陽簽名）

護士：還有這邊，這張是切結書……以後要是發生事情，跟我們無關。

（正陽點點頭，繼續簽名）

正陽：還有什麼要辦的嗎？

護士：沒有了，就這樣。

（頓）林先生，我勸你考慮一下。

（頓）你就讓美心好好的留在這邊吧，你照顧不了她的。

正陽：美心不記得我了。

護士：她不記得很多事情，你只是其中之一。

正陽：我不能確定她是真的忘了還是她故意的——

護士：什麼故意？她只會越來越嚴重。美心是特別聰明，可是她畢竟
生病了。

正陽：我認識她很多年了。

護士：所以呢？

正陽：她以前就是這樣，愛跟我開玩笑，不知道她什麼時候講真的，
什麼時候講假的。

護士：真的假的有這麼重要嗎？

正陽：什麼？

護士：（頓）所以你覺得美心說謊？她故意假裝不記得你？她為什麼
要這樣？

（語帶弦外之意）美心住在這裡很開心。你不想要她開心嗎？

正陽：妳怎麼知道她真的忘了？妳真的認識她嗎？

護士：我是這裡的護士。

正陽：妳什麼都不知道。

護士：我知道她生病了，還有她在這裡很開心，離開這裡她會難過的。

（頓）我知道你為什麼一定要帶美心回家。

正陽：謝謝妳，不打擾妳。

護士：他們兩個就跟嬰兒一樣，什麼都不知道；他們的腦袋就是、就
是已經跟我們不一樣了……你懂吧？

正陽：對啊，他們的腦袋已經跟我們不一樣了。所以，又怎麼會知道
發生什麼事呢？就算帶她走，她也一定很快就忘記了。（轉身
走人）

護士：林先生！林先生！……（追上）

（正陽與護士下場。燈光變化。另一頭的美心坐在光雄的病床邊）

美心：魚仔，有人要帶我走耶。

光雄：回去新竹啦。

美心：（起身往門口的方向走）我不能回新竹了。

光雄：（像小孩）阿青妹！阿青妹！

　　　（有點費力的）過來跟我講話，我有空。

　　　過來跟我講話，我有空。

　　　我有空。我有空。

美心：（又走回去）魚仔。（輕輕的摸著光雄的頭和臉）

　　　（很輕柔的）你不要吵。別人會聽到喔。

光雄：阿青妹，過來跟我講話，我有空。我有空。

美心：噓。你太吵了。（拿起被子搗住光雄的嘴）不要被別人聽見。

光雄：（仍舊很大聲）阿青妹要過來跟我講話，我有空。

　　　阿青妹我對不起妳，不要生氣，不要走，不要生氣，不要走……

美心：太大聲了，要藏好，不要被別人聽見。

　　　（用手搗住光雄的嘴巴）他們會知道我們在哪裡啦。

　　　若蘭說我不能住在這裡了。

光雄：阿青妹，阿青妹……

美心：若蘭說，我不能住在這裡了。

光雄：來啦，回去新竹了，回去新竹！

美心：我也想跟你回新竹啊。魚仔。（輕輕的摸著光雄的頭和臉）

　　　（很輕柔的）你不想我走對不對，我也不想走啊，你帶我走？

光雄：走、走、走。

美心：走啊，帶我走，你怎麼不走？（打光雄的手但光雄不動）走了

　　　啊？（欲走）

　　　（折回）你怎麼啦？怎麼不走啊？（扳光雄的臀部跟腿）

光雄：（仍舊很大聲）不要啦、不要啦！

美心：（一直拉光雄的腿，光雄也打自己的腿或是想揮開美心）我是

　　　阿青妹啊……（光雄有點被安撫下來）你腿怎麼了？怎麼不走

啊？（亂中把褲子脫下，先看到一點尿布，感到好奇，又脫下
更多，看到光雄的皮膚）

光雄：（對自己的腳感到很難過，美心看到光雄的腿也被轉移了注意
　　　力）我的腿……我的腿……

美心：（有點愣住，覺得有點難過，伸手摸摸光雄的腿）你怎麼啦？
　　　好好，你不要難過，我腿給你。

（美心把裙子撩起來，露出大腿，自己端詳了自己的腿一陣子，感到
錯愕。她摸著自己的大腿，很仔細的端詳，好像感覺到自己變得很老）
（敘事者女從門邊現身，走進來；她已換下了護士服，回到開場時的
裝扮）
（敘事者男／光雄看著敘事者女）

女　：林正陽剛剛離開了 207 號房，裡面沒有他想找的人，然後他開
　　　始爬樓梯，一階一階，走向 404 號房，他有點害怕他會在這裡
　　　找到徐美心。但可能他找到的，或許也不是徐美心了。

男　：美心露出大腿，這是一雙老年人的腿，乾乾的，皺皺的，歲月
　　　的重量位移了皮肉。就算年輕時曾經好看，但也已經是很久以
　　　前的事了。美心看著這雙腿，摸著摸著，感到有點陌生，也不
　　　是徐美心了。

（光雄伸手摸美心的腿）

美心：走開！你這髒東西！走開！

（美心推開光雄，光雄抓美心的手去撫摸自己的臉、身體，美心繼續
揮開，光雄又抓她的手，撫摸自己，被打掉，抓她的手伸進自己的衣
服裡，美心再揮開，來回數次，光雄發出哀鳴與啜泣聲，直到美心軟
化，兩人擁抱，倒下）
（林正陽走進門口）

（美心呢喃，光雄一直安慰她）

光雄：（很努力的安慰美心）妳不要哭，妳不要生氣，妳是我這輩子
　　　最想娶的女人……我財產給妳，我財產攏給妳……我是返去甲
　　　妳看的……

美心：你不要走啊，不要走，不要留我一個人……（抱著光雄）不要
　　　留我一個人……

光雄：妳別哭……妳別哭……我是返去甲妳看的……那個時候我是去
　　　看妳的……

（正陽僵住了幾秒，轉身想走）

美心：（脆弱的狀態）你去哪裡了啊？你要再來看我啊，你不是說你
　　　要來看我嗎？你怎麼都沒有來看我啊……

（正陽轉過頭來）

美心：你……不要生我的氣，我知道你一直都是對我很好的……我已
　　　經不知道怎麼對你好了……那時候我故意在等你啊，你都不知
　　　道對不對……貴賓狗真的好好笑……
　　　我也不知道該怎麼辦啊……我就是會生你的氣……
　　　林正陽啊……只有你會幫我倒水，只有你對我最好，爲什麼不
　　　一直一直對我好呢……林正陽幫我倒水，你人真好，真呆……

光雄：……我這裡、我這裡……（手摀著尿布）

美心：魚仔，怎麼了？你的褲子？（要幫光雄換尿布）不舒服嗎？

光雄：（覺得有點丟臉）不要啦！（兩人有點手忙腳亂）

美心：怎麼辦……魚仔，你要擦一擦……

光雄：不要啦……

美心：要擦一擦……

光雄：不要啦。痛啦。

美心：怎麼辦……魚仔……。

（混亂中光雄一把將美心推開，美心跌倒。正陽衝上前看美心有無受傷，轉身到門邊想找救兵，又轉回）
（局勢非常混亂，光雄一直吼著，美心再度被推開）

正陽：美心，妳沒事吧？
美心：……你是誰啊？（正陽說不出話來，美心又往光雄衝）
正陽：好了好了，美心，不要過去。
美心：（再度被光雄揮開，正陽扶住她，擋在她與光雄之間）他，魚
　　　仔他怎麼了？
正陽：沒關係，美心，我來，我來處理。
美心：你是？
正陽：我是……我是護士……
　　　來，沒事了，沒事了。
美心：他、他是不是要換尿布啊？
正陽：好，換尿布……

（正陽找衛生紙，找尿布，但他其實也不知道該怎麼做，空氣中充滿
一種病人的味道，令人相當不舒服，正陽決定先把光雄的衣服穿上，
讓他安定下來）

光雄：你是誰啊？你走！你走！阿青妹！阿青妹！
美心：魚仔，我在這裡，我在這裡。他是護士，乖，不要怕，不要怕。
正陽：沒關係，沒關係喔，我們先把褲子穿上，不要著涼了。

（正陽極其困難的將光雄的褲子穿上，替他蓋好被子）

正陽：美心，不用怕，不用怕。
　　　妳看，都弄好了，沒問題的。

（美心哼起搖籃曲）

女　：在美心溫柔的安撫之下，
男　：（轉過頭來）光雄漸漸安靜，幾乎像是睡著了。
女　：新來的護士還沒學會怎麼換尿布，
男　：（起身下床）不過美心還是非常的感激。

（敘事者男將棉被重新拉好，看看美心與正陽，轉身朝敘事者女的方向走去）

美心：謝謝你。謝謝你的幫忙。
　　　你是新來的護士？你叫什麼名字？
正陽：……我姓林。
美心：謝謝你，林先生。不好意思，我口好渴，你可以幫我倒一杯水來嗎？
　　　不要太冰，要溫一點喔。
正陽：我知道，不要太少，要大杯一點。
美心：謝謝，謝謝，你人真好。

（正陽走到門外的櫃檯，幫美心倒了一杯水）
（從飲水機傳來水聲）
（正陽走進來，將水遞給美心，美心喝水）

正陽：他是妳的……先生？
美心：他？他是魚仔啊。（摸著光雄的頭）你都不會弄痛他，你好棒。
正陽：（慢慢的坐在美心旁邊）妳住在這裡很開心？
美心：很開心。你們很照顧我。
正陽：……妳喜歡我們照顧妳嗎？
美心：喜歡啊。
正陽：（激動的）我可以照顧妳。

美心：（把正陽拉到一邊）噓，魚仔睡著了。

正陽：就算妳忘了我也沒有關係。

美心：要是我忘記了，你再跟我說你的名字，你把它寫下來，寫下來
　　　就不會忘了。（拿出小冊子，看著正陽露出微笑）好嗎？

（正陽接過小冊子，翻頁，彷彿看到了什麼，他抬頭看著美心）

女　：正陽看著美心。

男　：正陽看著美心。

（敘事者女、敘事者男走近美心、正陽身邊，溫柔的將兩人帶到台口）

女　：他其實一直都知道，美心什麼時候講真的，什麼時候講假的。

男　：他一直都知道。

（美心看著正陽）

正陽：你先生叫林正陽？

美心：是啊……你認識他啊？

（正陽點頭）

（正陽開始在小冊子上寫字）

（燈漸暗）

—— 全劇終 ——

春
眠

附錄：另一種結局

*此為原來課堂讀劇版本的呈現結局，劇作者本人難以割捨，並列呈現。

（正陽與護士靜止。另一邊的美心抱著光雄的脖子）

美心：魚仔，你講話……跟我講話。

（光雄沉默不語，臉頰留下兩行淚）

美心：魚仔，魚仔。我也不想走啊……可是他們說我不能自己想留下
　　　就留……
　　　因為我會忘記……只是因為我會忘記我就不能自己做決定……
　　　魚仔，跟我講話……。（悲傷的）

（光雄沉默不語，流淚）

美心：魚仔，等等有人要來把我帶走喔，你很捨不得齁？我捨不得……

（美心用手抹著光雄的眼淚，抹著抹著，將手指塞進光雄嘴巴裡面，
想將他的嘴巴撬開。光雄軟軟的靠著美心，倒在美心的腿上，美心撩
起裙子擦光雄的臉，露出大腿，這是一雙老年人的腿，還有殘餘的美，
但歲月的重量稍稍位移了皮肉，使得它們並沒有在它們最該在的地
方。但時間的缺陷同時讓這雙腿顯得獨特。光雄將臉貼著美心的腿，
哭了起來）

美心：不要哭……你喜歡腿喔？喜歡喔，喜歡就給你啊……
光雄：喜歡哪……啊妳不能給我啦……給了妳就沒有了……這個腿還
　　　是在妳身上好看……

（美心輕輕撫摸光雄的背，像哄小孩一樣。美心離開座位，光雄蜷在

椅子上面，表情木然的哭泣）

（美心親吻光雄的頭頂、臉、脖子、胸口、手臂、腿，然後脫下光雄的睡褲。光雄的腿跟他的手一樣長年泡過海水，滿布各種顏色的疤痕。因為雙腿萎縮，皮肉有氣無力的掛在骨頭上，看起來非常瘦弱可憐。他的皮膚上長著白色的粗癬，一粒一粒的看起來像魚鱗又像曬乾的鹽巴粒；他的腳趾甲因受過傷發黑變厚，猶如鯨魚背上的石斛，不像身體的一部分而更像是外來的寄生物。美心跨坐在光雄一隻腿上，將另一隻腿舉到眼前，仔細的端詳著。光雄有點緊張）

光雄：我是殘廢，腰以下都不能動。我腳很髒啦，妳不要碰……

（美心將光雄的腳趾含進嘴巴裡面，思索著）

美心：有海的味道哪。

（護士變成敘事者女，正陽走向摟在一起的光雄和美心。隨著以下敘事者女的敘事，光雄和美心分開，也成為敘事者，但動作和注意力仍然持續。四個演員分別作為敘事者，但美心和光雄相遇時的親密、正陽和美心相遇時的情緒複雜，需表現出來）

女　　：當正陽走到美心的房門口時，他突然感到他不該進去。
　　　　一個來自幼年時代的預感。
　　　　那晚，正陽半夜驚醒，跌跌撞撞哭著敲父母的房門，過了很久，無人回應，然後突然的，他聽到一個奇怪的聲音，混雜著叫喊聲與碰撞聲，從房間裡面傳來。

男　　：他本能地察覺一個比惡夢還神祕的東西。他站在門前，羞愧、焦躁、興奮、不屑、好奇的感覺紛湧而至；他跑回房間，將手放進褲襠裡，開始手淫，結束後他看著手掌上白濁的液體，心中想著，

正陽：這是我的靈魂，它跑出來了，我快死了。

美心：現在的正陽站在門前，類似的感覺糾纏著他，他從房門的縫隙
　　　裡看到交疊在一起的兩個人影，
男 & 女：他冷汗直流，感到下體一陣劇痛，彷彿有人拿刀把他閹割了。

（飾演美心的演員與飾演光雄的演員在場上相遇，兩人擁抱在一起，
躺下，回到美心、光雄剛才的狀態）
（美心夾著光雄粗糙的腿，開始緩慢的摩擦，發出低低的呻吟。光雄
整個人顫抖著，摸著自己的下體。正陽看著床上的美心和光雄。他坐
下來，坐在兩人旁邊，一臉疲憊）

女 　：正陽站在床邊，看著交疊在一起的兩人。
正陽：妳是故意的。對不對？美心，妳是故意的。
　　　妳知道我要來。妳也要這樣報復我對不對？

（光雄和美心二人恍若未聞，正陽看著他們。光雄顯然無法勃起，他
搥打著自己的下體，一臉憤怒；美心阻止他，撫摸光雄的全身；光雄
深深的嘆息，他的嘆息像是很深很深的呼吸）

正陽：不管妳是真的忘了還是假裝的，妳都是故意的。

（沒多久，光雄一陣顫抖，他射精了，他一定很早洩，但他顯然十分
感動以及舒適，由於他無法控制自己的肌肉，有一些尿液跟著一起流
出來了。美心更用力的夾著光雄的雙腿，整個背弓起來，她叫出聲音，
然後放鬆。兩人緩慢的擁抱，依偎著，像兩株剛剛發芽的植物）
（正陽慢慢的爬到床上，躺到光雄和美心的旁邊，一直看著他們，眼
睛眨都不眨一下）

女 　：美心，不，阿青妹突然指著正陽。
美心：你，倒一杯水過來，我口好渴。
女 　：阿青妹彷彿完全不覺得正陽的存在有什麼奇怪。光雄好像想開

口說什麼，但又被阿青妹壓回床上去了。

（正陽起身端水過來）

美心：太冰了，要溫一點。

（正陽換水）

美心：太少了——大杯一點。

（正陽加水，將水拿給美心）

美心：謝謝你，正陽。你人真好。

（美心喝水，光雄也喝水，兩人繼續艱難又興致高昂的愛撫，正陽站
在原地）

女　　：正陽不知該走該留，然後他突然感覺到異樣。
正陽：妳不是已經忘了我了嗎？美心？
女　　：美心沒有回答，也沒有看他，好像完全沒有聽到這句話。

（美心和光雄在一旁咬著耳朵，光雄不斷地叫喚著「阿青妹」。兩人
笑了）
（正陽仍然看著他們，表情漸漸明亮起來）

正陽：妳還記得我，太好了……太好了……
　　　（溫柔欲泣）妳記得我，太好了，可以回家了美心……

春
眠

（正陽慢慢蹲到美心旁，像小狗一樣依偎在她的腳邊，摟抱著她的一
隻腳）

161

正陽：妳記得我⋯⋯太好了美心⋯⋯回家了⋯⋯回家了⋯⋯美心⋯⋯
　　　回家了⋯⋯妳不在家我都睡不著覺⋯⋯妳要回家了⋯⋯太好
　　　了⋯⋯

（正陽一邊喃喃念著一邊哭，又哭又笑一陣，然後聲音低了下去，睡
著了，傳出均勻的打呼聲）

（慢慢的，天色暗了，光雄和美心玩倦了，也沉沉睡去）

（正陽、美心、光雄的打呼聲此起彼落的響起。三人打呼的聲音非常
悅耳而和諧）

—— 全劇終 ——

《春眠》演出資料

演出團隊：外表坊實驗團
編劇：簡莉穎
取材自：〈熊從山那邊來〉（"The Bear Came Over the Mountain"），艾莉絲・
　　　　孟若（Alice Munro）
導演：黃郁晴
舞台設計：陳佳慧
燈光設計：曾彥婷
音樂設計：蔣韜
服裝設計：廖治強
舞台監督：馮琪鈞

首演
演出時間：2012 年 2 月 17 日－ 26 日
演出地點：363 小劇場
演員：林如萍、安原良、鄭莉穎、林文尹

加演
——北京青年藝術節——
演出時間：2012 年 9 月 21、22 日
演出地點：北京 TNT 小劇場
演員：陳信伶、安原良、鄭莉穎、林文尹

——華山藝術生活節—創意小劇場——

演出時間：2012 年 10 月 5 日－ 7 日

演出地點：華山果酒禮堂

演員：陳信伶、安原良、鄭莉穎、林文尹

《春眠》創作起源

這是我 2011 年於北藝大劇創所，在金士傑老師的劇本創作課堂完成的作品，取材自我非常非常喜愛的小說家艾莉絲‧孟若（Alice Munro）的短篇〈熊過山來了〉*。

這個劇本讓我「開始」很多事情。金士傑老師從劇本初稿開始不斷跟我討論，他深知人性，讓我更瞭解何謂人，何謂角色。或許，我真的感受到「劇本究竟是什麼？」，是從跟金老師的討論開始的。

其次，因為取材小說體裁，我在劇本中加入敘事者的角色，往後《服妖之鑑》（2016 年初演）跟《叛徒馬密可能的回憶錄》（2017年初演）出現更複雜的敘事角色，就是從這邊開始。

最後，則是排練跟劇本的關係。由於學校課堂只需讀劇，我可以不管演出而寫。當時北藝大表演所同學黃郁晴決定導這個劇本，林如萍老師加入演出，就需要通過實踐以檢視。讀劇後再做修改，視演員質地、即興發揮而調整，因某些想像難以實現，又或者呈現效果並不如想像，再一一做出修訂。**我邊跟排練邊修改劇本，感受到從演員身上找靈感的有趣與有機。**

* Alice Munro, "The Bear Came Over the Mountain," *Hateship, Friendship, Courtship, Loveship, Marriage*, 2001. 繁體中文翻譯版：2003 年時報出版〈熊過山來了〉，《感情遊戲》；2014 年木馬文化出版〈山裡來了熊〉，《相愛或是相守》。

特別附錄

2022 演出版 _ 劇本改寫

護士吳若蘭改寫片段

（美心慢慢走遠）

（換景：數個時空不斷跳躍、交融的場景，進入較具象的「羅蘭安養中心」）

護士：林先生，入院手續已經完成了，歡迎你隨時來看林太太，你明
　　　天要過來也沒有問題。

正陽：好、會，我會的。

護士：本院的宗旨是多鼓勵家屬常來探望，以維持他們跟外界互動的
　　　能力。環境滿意嗎？

正陽：很好。（沉默一陣）

護士：有什麼問題都可以問我。

正陽：（頓）不好意思，我學校有事，必須要出國一個月。這一個月
　　　我都不會在台灣，而且聯絡上很不方便。

護士：一個月？好的，那你看你什麼時候方便打電話過來瞭解狀況都
　　　可以。如果電話不是我接的，你就找護理站陳小姐──

正陽：好的，不好意思，我飛機來不及了，等等下午就要上飛機。非
　　　常感謝，麻煩妳多照顧我太太。

（正陽轉身離開，護士和社工看著正陽的背影）

男　：正陽能去哪裡？他哪裡也沒有去。
　　　離家的那天早上，他，立刻又回家了。

（美心站在安養院入口處，轉身，直直向外看。正陽打電話訂披薩）

正陽：你好，我要一個小的披薩。都可以，不用，不用加大，我一個
　　　人吃不完，貴多少？沒關係不用，我一個人吃不完。外送外
　　　帶？有什麼差別？我就一個小披薩，外送。

（時空轉換，老年的正陽打電話）

正陽：喂

護士：羅蘭安養中心您好

正陽：你好，護士小姐，請問美心最近好嗎？

護士：徐美心？喔我真的非常喜歡她──請問哪裡找蛤？

正陽：謝謝，敝姓林。

護士：林先生？還在國外？吼這電話費很貴捏！

正陽：……還好、美心好嗎？

護士：還好，好像有點小感冒。

正陽：感冒？很嚴重嗎？

護士：我不是說了，小感冒。不用擔心，剛換環境都會這樣子。你知
　　　道小學生入學，都會感冒的吧？那不是真的病啦，面對新的事
　　　物體質都會改變，不用擔心吼。

（時空轉換成當年新婚不久時，正陽在修燈的場景。美心所在的空間
傳來過去時空的音樂）

美心：林老師！

（美心現身，探出頭來）

美心：林──老──師！你在上面幹麼？

正陽：我在換燈泡，燈泡壞了！

美心：修得怎麼樣啦？我們廚房漆成鵝黃色好不好？

正陽：鵝黃色？喔好啊。會不會、嗯鵝黃色，好啊。

美心：會不會什麼？會不會弄髒啊？

正陽：對啊。

美心：弄髒就弄髒啊。

正陽：但髒了很難清吧，廚房的油污是很──

美心：髒了你會弄乾淨吧？

正陽：當然會啊！

美心：那就鵝黃色囉。

（兩人持續工作，美心放音樂，哼唱，正陽跟著哼唱）

（燈光變化。電話鈴聲再度響起）

（時空轉換，老年的正陽打電話）

正陽：你好，我想去看看美心。我姓林。

護士：喔，林先生。你回國啦？

正陽：是的、提早了。請問美心感冒好了沒有？

護士：很好，她沒事，還交了新朋友，明天要過來嗎？要過來我幫你
　　　登記一下。正陽：我想請問，妳上次說到新朋友——

護士：你來呢，情緒要穩定，要給美心穩定支持的力量，啊，她要你
　　　幫她帶一些衣服和書。

正陽：什麼……什麼新朋友？

護士：誒，你預約過一次探訪，但你沒來。這樣不可以喔，每天都有
　　　固定的探訪人數限制，你明天會出現吧。

正陽：會，當然，對不起，美心她——

護士：你帶一束花來好了，不要太香也不要太鮮豔。（頓）
　　　嗯，帶一束花過來吧，桔梗好了，桔梗不錯。

正陽：什麼新朋友？

護士：美心真的是我看過最出色的病人了。

正陽：什麼新朋友？

護士：林先生，我們明天見，再見。

（護士電話匆匆掛掉，嘟嘟聲傳出。正陽默然一會，掛上電話）

男　　：林正陽去買花，探望徐美心。

女　：羅蘭安養中心資深護理師吳若蘭，早上五點起床，快走五公
　　里，她一定會喝一杯五種蔬果養生精力湯，她要像她祖父祖
　　母，活到九十九歲，她看遍病老死，所以她要生、她要活。她
　　是安養中心五十九個家庭的支柱，加一，包括她自己的。

（護士從日常生活的行動到療養院的工作）

男　：今天，對若蘭來說不是平常的一天，因為很多原因，也因為徐
　　美心。

（電話鈴響，敘事者男變成老公）

老公：老婆
護士：喂。
老公：我覺得大哥這樣子每天打電話來講好久，有點煩，你去看一
　　下，他是不是失智。
護士：他是太久沒工作，生活沒重心。
老公：你去看一下，你不是學這個的？
護士：這要怎麼看，去醫院檢查，不然你讓他做一些基本測試，你可
　　以叫他（被打斷）
老公：啊我不會啦，你去看一下啦。去看一下是花你多少時間？啊你
　　衣服怎麼沒收。
護士：我出門的時候還沒乾。
老公：（嘆氣）我要出門了。

（掛上電話，若蘭又講下一通電話）

兒子：喂，媽我今天不回去唷
護士：喂，你說放假不回來什麼意思。
兒子：就不回去啊，我同學他們都——欸我現在不方便講，先這樣。

春
眠

護士：你要跟你爸講——
兒子：好啦好啦先這樣。

（掛電話）

護士：爺爺奶奶阿公阿嬤，吃藥囉。

護士：（對前面）來啊，嘴巴張大大，吃藥喔。我看一下你有沒有吞
　　　下去－阿嬤你只有把水喝下去，藥沒有吃啦，來我們一起再喝
　　　一口水，來，吃這顆粉紅色的，好漂亮喔，啊——

男　：今天，對吳若蘭來說不是平常的一天，因為很多原因，也因為
　　　徐美心。

家屬：怎麼會有人翻身這麼用力啊，我爸都快骨折了。
護士：不好意思你爸是幾號的長輩——
家屬：我來過兩次，你不記得我爸住幾號？
護士：等我一下，我查一下－
家屬：這什麼爛地方！什麼態度！我來過兩次你不記得我？如果是你
　　　爸、你老公、你家人！你會這樣嗎！

（家屬離去）

護士：徐美心吃藥。

男　：吳若蘭叫徐美心吃藥，徐美心立刻就出現了。
女　：她一點都不像個病人。
男　：她一點都不像其他病人。
女　：其他剛入院的、搞不清楚自己身在何處的，病人老人。
男　：徐美心走過來，走得那樣筆直，那樣確定。

護士：徐美心。（遞藥杯）

美心：可以跟我解釋這些藥有什麼療效和副作用嗎？

護士：不好意思妳可以再說一次嗎？

美心：（微微一笑）妳可以解釋這些藥的療效和副作用嗎？

護士：（疑惑的）妳知道這個幹麼？

美心：吃進肚子裡的東西，我不用知道它會產生什麼效果嗎？

護士：你想知道？

美心：我想知道。雖然我可能不會記得，但我會很高興妳告訴我關於
　　　藥的事。妳給藥、我吃藥，是一種合作，我希望我們合作愉快。
　　　而且這麼會說話。

護士：（遲疑）我很會說話？

美心：你很會說話。

（若蘭遲疑）

美心：這顆白色的……

護士：這顆白色、圓圓的是愛憶欣，睡前要吃的，吃了可能會有點想
　　　吐、拉肚子，要是覺得很累但睡不著可以再來找我，你要是覺
　　　得不好吞也可以磨粉，不是全部都可以磨粉或剝兩半吞喔，你
　　　可以先問我……

男　：若蘭說著，美心聽著，然後，若蘭開始感到認同以及敬重，發
　　　現原來她的醫療知識那麼有趣。

美心：你說這顆白色圓圓的是？

護士：愛憶欣。

男　：更棒的是，美心忘得很快。

美心：你說吃了可能會拉肚子的。

護士：這個跟這個跟這個。

春
眠

男　：前天說的內容今天可以再說一遍，昨天說的內容後天可以再說一遍，不像若蘭的丈夫和兒子，總是嫌她一直重重複複、嘮嘮叨叨。每次見面，她們總要聊上幾句。

美心：你說當護理師應該要什麼啊？

護士：溫柔堅定。

美心：吃藥前要什麼啊？

護士：三讀五對，但現在都有電腦了，人力可以做的就是一定要問名字。

美心：你叫什麼名字？

若蘭：吳若蘭。

美心：你怎麼了？

若蘭：我很好。

美心：你不用吃藥嗎？

若蘭：我不用吃藥。

（頓）

若蘭：你叫什麼名字？

美心：徐美心。

若蘭：你怎麼了？

（美心想了想，露出了一個複雜的微笑）

美心：我要吃藥。謝謝你。

一棵樹改寫片段

（燈暗。黑暗中，只看到正陽陰鬱的臉。燈亮時，美心坐在桌前寫字）

（護士轉回敘事者女身分，轉過身來）

女　：正陽想起來了，那時候，他也就只是一棵樹。

　　　　結婚之後，正陽在岳父介紹的學校教書，美心在家裡寫作。

正陽：（朝氣的）我走囉！

美心：（美心站在門口）拜拜，東西都有帶齁？

正陽：有喔。

（美心晃晃手中的鑰匙）

（正陽笑，拿走鑰匙，美心不給拿）

正陽：要遲到了。

美心：（美心將鑰匙遞給正陽，親了他一下）早點回來。

（一副剛結婚的小夫妻情境）

（正陽出門，走出門去，畫面定格，他再走回來，十分沮喪）

正陽：我回來了……

美心：你回來啦！今天有朋友來找我……

女　：美心總是會分享今天誰來了，說了什麼什麼、她想到了哪個哪
　　　個，美心總是這麼有趣、這麼好玩，每天都是這樣。

正陽：我走囉。

美心：（美心一邊挾著電話，一邊微笑的講電話）掰掰！

正陽：我回來了。

美心：（一邊工作）你回來啦。（她看著自己正在寫的東西，笑出來）

正陽：什麼東西這麼好笑？

美心：等我寫好再跟你說。

女：美心總是這麼有趣，這麼好玩，每天都是這樣。

正陽：我回來了。

美心：嗯好喔。

春
眠

正陽：我走囉。

美心：（低頭寫字）拜拜。

正陽：拜拜。

女　：美心總是會分享誰來了，說了什麼什麼，她想到了哪個哪個，正陽覺得，美心跟美心的朋友，都比正陽有趣，都比正陽好玩。

（正陽看了看美心，出門。正陽走到一半停住，畫面定格）

女　：今天，他突然想知道今天，要是今天晚半小時回家，會怎麼樣？或許今天是很不快樂的一天，可能被罵，可能被同事暗中聯手排擠，總之他要晚半小時回家。可是他不能一直待在學校，他岳父還有一年才退休，學校的同事會一直盯著他看——

男　：（突然插話）其實嘛無人欲看他。（閩南語，不是光雄的語氣）

女　：學校的同事會一直盯著他看，再加上他不願意去別的地方——

男　：（站起）其實他嘛無任何所在倘去。（閩南語）

（敘事者女看著敘事者男，敘事者男坐回輪椅）

男　：事實上沒有人會盯著他看。
　　　事實上他沒有任何地方可以去。

女　：正陽走回家，貼著窗戶下面的牆壁，他想知道，要多晚回家，美心才會怎樣。會不會跟他想像的一樣。
　　　（頓）

男　：訪客說著、談著。
　　　他們笑了。所以美心會這樣笑。
　　　他們吃著水果，所以美心去買了水果。
　　　他們安靜，所以他們安靜，

　　　　不是擔心講不出夠有趣的話，的安靜。

女　：時間一分一秒過去，正陽的腿都麻了。

　　　　喀搭一聲，門開了，訪客們離去。

　　　　正陽一個驚嚇，跌入樹叢，

　　　　花圃深處，一株非洲菫開花了。

男　：那是當初剛搬來的時候種下的，

　　　　非洲菫一年四季都會開花，

　　　　幾年之間，陸陸續續種了其他樹，

　　　　花圃太茂密了。

　　　　已經沒有人會像此時的正陽一樣，發現它用力的、認真的、盡

　　　　本分的，

　　　　開花了。

女　：房子裡面一如往常的安靜，泡茶的熱水滾了。

　　　　半小時過去了。

　　　　（頓）

　　　　正陽決定把時間寬限個十五分鐘，不，再三十分鐘好了。

　　　　如果。

　　　　再四十分鐘。

　　　　美心有一絲一毫慌張。

　　　　打電話去學校。

　　　　甚至只要探頭到窗口看一下。

　　　　正陽就會，

　　　　原諒她。

（一個漫長的停頓）

男　：時間到了。

女　：還沒有，還有兩分鐘。

　　　　（對美心）站起來吧，美心，到窗口看一下吧。

　　　　花開了喔。

男　：何必呢？

　　　還有一分五十五秒。

女　：那時候，他也就只是一棵樹。

（四個人等著，一段長時間的等待。突然燈全暗，全然的黑暗中）

正陽：我回來了。

（黑暗中窸窸窣窣）

美心：你回來啦。

（黑暗中窸窸窣窣）

美心：你怎麼了？

正陽：（語帶顫抖）我今天回來晚了。

美心：喔？（頓）對耶，我太專心了。（聲音帶笑的）你去哪玩了？

正陽：⋯⋯我不記得了。

美心：你聽一下我今天想的東西：

　　　女孩——昨天說的那個——女孩決定再等十五分鐘，二十分
　　　鐘，不然三十分鐘好了。如果男孩好好道歉，或是打了電話，
　　　甚至這些都不用做只要出現時一臉慌張，女孩就會，原諒他。
　　　但這些都沒有發生。她一直在原地等，生了根，那時候她也就
　　　只是一棵樹。

（一聲巨響或音樂）

2022 演出版

演出時間：2022 年 4 月 30 日—5 月 15 日

演出地點：水源劇場

劇作家｜簡莉穎

導演｜許哲彬

演員｜王安琪、林子恆、王世緯、竺定誼

舞台設計｜李柏霖

燈光設計｜王正源

聲音設計｜洪伊俊

服裝設計｜范玉霖

舞台監督｜馮琪鈞

導演助理｜毛思語、林瑞恩

舞台技術指導｜陳人碩、徐嘉瑜

燈光技術指導｜郭蕙瑜

音響技術指導｜陳宇謙、張稚暉

臺語指導｜陳秋慧

音效執行｜陳重佑

技術執行｜丁彥銘、王璨萱、李亮諭、沈宗逸、邱筠涵、林志毅、林家瑜、莊家丞、高堂傑、陳威遠、陳怡廷、陳崇文、陳芋錂、陳宇筑、徐鈺荃、黃柏森、許竣逢、葉佳文、葉國雅、梁弘岳、曾玟琦、曹芯慈、趙之耀、劉怡彤、盧冠諺、藍靖婷

服裝管理｜莊佩雯、張甯翔

造型梳化｜鄭泰忠 Teddy、吳曉芳 Sarah

主視覺設計｜行影映畫、莊少橙、黃梵真

主視覺攝影｜曹凱評

宣傳影片｜顏子為、梁凱鈞、黃凱喆

宣傳視覺造型｜范玉霖

宣傳視覺梳化｜吳致愷

製作總監｜蘇志鵬

製作人｜吳可雲

執行製作｜顏子妘

劇團行政｜陳以十

劇照攝影｜秦大悲

演出紀實｜陳大大國際影業有限公司

行銷統籌｜瀚草文創

主辦單位｜四把椅子劇團

贊助單位｜國家文化藝術基金會、臺北市政府文化局

場地提供｜臺北市政府文化局

四把椅子劇團為 2022 TAIWAN TOP 演藝團隊

春
眠

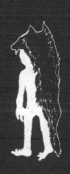

妳變了於是我

安妮：我覺得我沒辦法承受你身體的任何變化。
　　　我好像跟一個狼人關在一個籠子，我不知
　　　道你什麼時候會變成狼。

舞台場景：

　　一個小小、狹窄的房間，塞滿雜物，窄得好像一轉身東西就會掉落。櫃子下面藏著一桶溫泉魚。場上一定需要一台放音樂的設備，還有一個大的呼拉圈。

劇中人物：

　　馬莉（貌似Ｔ。穿著束胸與白色背心、襯衫、長褲。短髮，實際上戴假髮，本身仍一頭長髮）

　　安妮（女生樣，最好有悍婆的質地）

　　房客（一般時下的女孩，可愛大方）

（馬莉、安妮兩人並立於房間後方，從內衣穿到外衣的剪影）

（馬莉處在快哭完的階段，安妮看著她）

安妮：（走近馬莉）你明天的衣服和鞋子我都幫你準備好了，掛在那
　　　邊，還買了領帶，這樣去看醫生應該可以吧？
　　　（拉過馬莉）你吃點東西，休息一下，明天很多事要做。親我
　　　一下。

（安妮開音樂，去幫馬莉泡麥片，自己也開始吃點東西）

馬莉：妳放這首歌真的很過分。

（安妮不理她，繼續吃東西）

馬莉：我知道客人來的時候妳都是放這首歌的，是吧。客人來的時候
　　　妳就是放這首歌嗎？

（安妮不理她，繼續吃東西）

馬莉：妳幹麼不講話？

（安妮站起來，關掉音樂，準備去搖呼拉圈）

馬莉：怎麼了。
安妮：沒事。

（安妮搖呼拉圈，馬莉慢慢的把音樂又打開，轉大聲，走到櫃子旁藏
溫泉魚的地方，抓癢。安妮看了馬莉抓癢一陣，放下呼拉圈，去幫她
拍打）

安妮：你不要再自己吃藥了，出問題怎麼辦？

馬莉：我只是先吃一顆試看看，看看會不會快一點。（繼續抓癢）
　　　對不起。

安妮：沒事，但不要亂花錢，只有我在工作。

馬莉：對，對。錢好重要。

安妮：對。錢真的重要。（兩人爭執）

（房客過來敲門）

房客：不好意思……房東小姐……

安妮：怎麼了？

房客：音樂有點大聲……

安妮：喔，（切掉音樂）不好意思。妳房租是不是還沒繳？

房客：對，上個月的還沒繳。不好意思我等等就拿來。

安妮：好，謝謝妳。不好意思，我想請問妳一個問題。

房客：是，請說。

安妮：妳大概什麼時候會洗澡呢？我怕等一下熱水會不夠。

房客：我還沒要洗，等一下可以嗎？不然你們先洗也可以。

安妮：好，沒關係，妳要洗再跟我說。

房客：好，謝謝。（微微笑，跟馬莉對看一下，又說）妳髮型很好看。
　　　新剪的嗎？

馬莉：剪好一陣子了。

房客：喔，很好看，很好看。謝謝打擾了。

（房客微微笑離去）

安妮：（看著馬莉）你看，沒有什麼問題啊。

（馬莉非常開心的跑到衣櫃旁打領帶及穿西裝外套，安妮一直用打量
的眼神看著馬莉。馬莉開始做起發聲練習，把聲音壓低，照著鏡子，

壓平自己的胸部）

安妮：（突然開口）你那些內衣呢？

馬莉：嗯？收起來啦。不然妳拿去穿。

安妮：Size 又不一樣。

馬莉：那就丟掉啊。

安妮：算了，留著吧。

（馬莉搬椅子到安妮面前，遞給安妮一張紙）

馬莉：醫生你好。（坐下）

安妮：請跟著我重覆敘述我念的數字。我說 123，你就說 123，數字會
　　　越來越長。

馬莉：好的。

安妮：437。

馬莉：437。

安妮：17708。

馬莉：17708。

安妮：24193090。

馬莉：24193090。

安妮：569103476。95003719608。48200449982185。12398719004975432177。

（數字太長，馬莉無法復述）

安妮：五題。這個到底能測出什麼啊？（按腳）

馬莉：我也不知道。（接過紙，有點懊惱）

馬莉：我幫妳按摩。很痛嗎？這裡？妳又穿那雙紅色高跟鞋了？不是
　　　說好再也不穿了嗎？妳穿哪雙鞋我都知道，這邊是黑色的，這
　　　邊是銀色綁帶子那雙的，那雙的鞋頭特別尖，妳這裡就會特
　　　別……

安妮：啊。

馬莉：怎麼了？

安妮：一點點瘀血。

馬莉：瘀血？妳怎麼沒有跟我說？

安妮：就小傷口啊。該休息了。

馬莉：在哪裡受傷的啊，妳怎麼沒跟我說。

安妮：我真的不記得了。

馬莉：怎麼可能不記得，妳明明就還會痛。

安妮：我比較能忍痛吧。

馬莉：妳是不是讓別人碰妳的腳？

安妮：怎麼可能？好了，來睡覺了。

（安妮躺上床，馬莉沉默，脫下西裝外套及領帶，走到床尾，摸安妮的腳）

安妮：（縮回腳）你幹嘛？

馬莉：我看一下。

安妮：沒事，就小傷口而已啊，來睡覺了。

馬莉：妳怎麼沒跟我講？

安妮：我忘記了。

馬莉：妳怎麼可能忘記明明就還會痛啊。

安妮：可能我對痛的忍耐度比較高吧。

　　　（頓）好，來睡覺了。（把馬莉拉上床）你明天幾點要到？

馬莉：……八點半。

安妮：那你記得要調鬧鐘喔。（翻過身睡去）

（馬莉拿起鬧鐘要調，突然一怒起身把燈打開）

馬莉：妳一次都沒有陪我去過。

（頓）

安妮：你也才去了兩次而已啊。

馬莉：已經三次了。

安妮：我有在門口等你。

馬莉：哪個門口？醫院門口？

安妮：差不多吧。

馬莉：差不多？妳根本就在家門口吧？

（房客敲門，手裡提著洗衣籃）

房客：不好意思，房東小姐——

安妮：怎麼了？

房客：那個我洗完衣服要回房間的時候發現我的鑰匙好像沒有帶耶，
　　　請問妳有沒有備份鑰匙？（安妮找鑰匙，房客翻找洗衣籃裡的
　　　衣服）真是不好意思……到底放去哪了……
　　　誒？誒？啊，對不起，它出現了，在衣服堆裡。哈，不好意思
　　　打擾你們。

安妮：不會。

（房客離去）

馬莉：妳根本就在家門口！

安妮：第一次我有跟你去。

馬莉：妳只是順便要去見一個客人。我都知道。妳明天會陪我去嗎？

安妮：我都幫你買領帶了！

（馬莉衝過去要掐安妮，安妮跑去沙發。兩個人沉默一陣子）

馬莉：我今天是被熱醒的。妳還在睡，我一直流汗。

我很想把衣服全部脫掉，可是我又不想把衣服全部脫掉。反正我後來還是脫掉了，但心情很差。

中午的時候我又冷得受不了，妳已經出門了，我把全部的棉被和衣服裹在身上，還是冷得受不了，我一直跟自己講話，冬天遇到山難不是要一直講話保持神智清醒嗎？但是這是從身體裡面發出來的感覺……

然後我又不想講話了因為我聽到自己的聲音會不舒服、不開心……

安妮：不要再亂吃藥了。

馬莉：什麼？

安妮：明天跟醫生問清楚，那些藥拿去退。（睡下）

馬莉：就這樣？

安妮：有時候不要想那麼多，想了也沒用好嗎。

馬莉：妳覺得那都是我想出來的？我的幻覺？

安妮：是我真的覺得我們該休息了，先不要想好嗎。

馬莉：妳以前不會叫我不要想，妳會一直問我，還好嗎，沒有很久以前，妳會相信我說的每一句話。

安妮：或許我曾經相信你說的每一句話，但那也不是真正的相信，我們有可能只是想表現出彼此信賴的樣子而已，這樣讓我們覺得很特別。比如說你說桌子有四隻腳——

馬莉：……桌子有四隻腳。

安妮：以前聽你這樣說，我會覺得你看到的桌腳跟別人看到的桌腳完全不同，你的桌腳比較真實。因為你比別人更在乎腳，更在乎下面的東西。你對一切都很有同情心，你對你自己也是。

馬莉：妳說我在可憐我自己？

安妮：是，但我沒有覺得這樣不好，你就是在可憐你自己。你就是這樣的人，沒有什麼好不好，我努力要讓你瞭解你自己。可是呢，桌子就是有四隻腳啊。你說的跟別人說的，沒有什麼不同。

（頓）

馬莉：還是不同。我的重音會放在「腳」。

安妮：所以呢？

（頓）

馬莉：妳很瞭解我。

安妮：我是要讓你瞭解你。

馬莉：妳知道爲什麼陪我去有那麼重要嗎？我希望妳看著我重新出
　　　生，我們一起看著這件事。

安妮：天哪，我是神嗎？

馬莉：我在哀求妳。

安妮：我覺得我沒辦法承受你身體的任何變化。我好像跟一個狼人關
　　　在一個籠子，我不知道你什麼時候會變成狼。

（馬莉發狂，將桌上的東西掃到地上）

安妮：我們都壓力太大了。放鬆好嗎？

（安妮讓馬莉躺下，幫他按摩）

安妮：你這邊的肌肉很緊繃。才剛剛開始，你就這麼累這麼辛苦。兩
　　　三年很快就過了……對不起是我不好……我脾氣很壞，你很累
　　　我也很累……小親親、小乖乖……
　　　（按了一陣，在感覺馬莉的肌肉）
　　　你皮膚變粗了。

馬莉：是我自己抓破的吧？

安妮：有喔。這裡。

馬莉：我沒什麼感覺呢。

安妮：是沒有很大的差別，本來是樹葉的正面，滑滑的；現在是樹葉
　　　的背面，粗粗的。的確還是同一片樹葉。

馬莉：我真的沒有什麼感覺。

（馬莉突然痛叫）

馬莉：妳幹嘛捏我！
安妮：我不是故意的。
馬莉：妳是故意的。
安妮：我不是故意的。
馬莉：妳是。
馬莉：對不起，我不是故意的。

（安妮繼續幫馬莉按摩）
（停頓）

馬莉：好了。不要按了。
安妮：怎麼了嗎？你還是很緊繃啊。
馬莉：妳沒有發現就是妳讓我緊繃的嗎？

（安妮坐下，開始寫日記）

馬莉：妳在寫什麼？（伸手搶日記）

（房客來敲門，安妮拿著日記本去開門）

房客：嗯，房東小姐？
安妮：繳房租嗎？
房客：對，那個，不好意思，那個，馬桶的水會一直流。
安妮：明天過去幫妳看一下。
房客：好的謝謝。

（房客站著不動）

安妮：還有事嗎？

房客：沒事了。（站著不動）

安妮：對了，妳要洗澡了嗎？

房客：喔，還沒有。嗯，日光燈會一直閃，但我自己換了。

安妮：不好意思，以後妳跟我講就好了。

房客：沒關係，我偶爾想試試自己換也不錯，也因為這樣我發現我平
　　　衡感滿好的。

安妮：那很好啊。

房客：我疊了兩張椅子呢，簡直像馬戲團的特技演員。

安妮：那真厲害。

房客：但馬桶我就真的沒辦法了，就算我在馬桶上疊了三張椅子，也
　　　是修不好的。哈哈。

安妮：呵呵。

房客：那就再麻煩妳了，非常謝謝妳。（轉身離去）

安妮：妳要繳房租嗎？

（兩人目送著房客離去）

（房客走了之後，馬莉開始撿起地上的東西，從背後抱住安妮，接著
撫摸安妮的腳。安妮被打動，撫摸馬莉的頭）

安妮：你可以剪頭髮的。

馬莉：沒有關係。

安妮：真的，你可以剪成你想要的長度。（把馬莉的頭髮握成一束）

馬莉：但妳不喜歡。

安妮：我不會不喜歡，我會習慣。或是呢，我可以常常幫你剪頭髮啊，
　　　以前我想過要去當理髮師呢。（把馬莉的頭髮撥來撥去）你知
　　　道我為什麼喜歡摸你的頭髮嗎？

馬莉：為什麼？

安妮：你是為我留的。我說我希望你頭髮長一點，你就留了。

馬莉：妳知道。

安妮：我當然知道，你的事情我都知道，知道的跟不知道的大概一樣多吧。

馬莉：我並沒有什麼妳不知道的事情哪。

安妮：少來。

馬莉：絕對沒有。那妳呢？妳有我不知道的事情嗎？

安妮：（頓）我沒有，你才有我不知道的事情吧。

馬莉：沒有，啊，有了，現在有一件了。

安妮：是什麼？你快說。

馬莉：妳不知道——我想要在結婚的那天晚上很仔細的幫妳洗腳，從膝蓋到小腿到腳趾頭，每一吋皮膚都好好的洗過，妳會很舒服——

安妮：這你說過了喔。

馬莉：對，然後，（從櫃子裡取出一件東西）我會送妳這個，妳很喜歡的——

（馬莉拿出一袋禮物）

安妮：蛤，這是什麼？是禮物？

馬莉：妳等一下就知道了。來，找一個臉盆來。

（兩人有點開心的手忙腳亂的把魚倒到臉盆裡）

安妮：是魚！

馬莉：妳把腳泡到裡面。

安妮：泡到裡面？不會很可怕嗎？

馬莉：不會，妳等一下就知道效果了。

（安妮把兩隻腳泡在溫泉魚水盆裡，魚湧上去吃安妮的腳，安妮笑出來）

安妮：換你來試試看。

馬莉：不要這是送妳的。喜歡嗎？

（安妮被魚弄得一直笑）

馬莉：什麼感覺？

安妮：（演員自行形容）

馬莉：（也伸手進水盆）啊，好癢。腳會變得很光滑喔。

（兩人玩鬧一陣）

安妮：你怎麼突然送我東西？

馬莉：這個很便宜，一隻才三塊錢。

安妮：我不是怪你，不要緊張，我很喜歡。好癢。

馬莉：我想要妳開心。

安妮：我很開心，真的。

馬莉：這個禮物有讓妳開心嗎？

安妮：當然有啊，雖然不知道你為什麼突然要送我禮物。

馬莉：我想要妳開心。

安妮：我沒有不開心啊。

馬莉：妳不笑的時候我都很緊張。

安妮：我不笑也不代表我不開心啊。

馬莉：我知道我這陣子狀況不太好，但我希望的也就是妳能開心。

安妮：對，但是我沒有不開心。

馬莉：我只是怕妳——心不在焉。

安妮：沒有這種事。

馬莉：我怕妳不像一開始那樣……那樣支持我了。

安妮：你說的支持是什麼意思——我不是都在你旁邊的嗎？

馬莉：嗯。

（頓）

安妮：明天我會陪你去。（把雙腳從水盆中移開）

馬莉：妳不泡了？

安妮：我夠了。

馬莉：再一下嘛，這是給妳的禮物呢。

安妮：（摸著馬莉的臉）謝謝，我很喜歡。

馬莉：（拉住安妮的手）是新婚之夜。

安妮：新婚之夜？

馬莉：假裝一下嘛。是不是很好玩呢？

（馬莉親吻安妮，兩人擁抱、愛撫，馬莉穿上假陽具，安妮想伸手撕
馬莉的束胸）

安妮：這件脫掉。

馬莉：不可以。

安妮：為什麼現在不行。

馬莉：我是老公，妳是老婆。

（安妮想伸手摸馬莉的胸部，但被馬莉阻止）

馬莉：不是這樣。

安妮：好，對不起。

（馬莉愛撫安妮，然後在假陽具上塗潤滑液）

安妮：你好像我的客人。

馬莉：妳說什麼？

安妮：對不起，我開玩笑的。（伸手要攬馬莉，馬莉推安妮，壓在安
　　　妮身上親吻她）

安妮：（把馬莉壓在身體下面，嘗試愛撫馬莉的胸部，但馬莉抗拒）
　　　我覺得這樣有點好笑。

馬莉：哪裡好笑？

安妮：不用因爲這樣就不能摸吧？

馬莉：那個東西叫做乳房。

安妮：以前可以摸的。

馬莉：爲什麼我不能試著用我想要的方式碰妳？

安妮：你是說幹我嗎？

馬莉：（頓）對。

安妮：不能。

馬莉：（嘲弄的）讓我練習。

安妮：現在不能。

馬莉：那要預約嗎？

（頓）

安妮：你真的想做再做，不要說什麼練習。

　　　（頓）

　　　那我摸你下面。

馬莉：不要。

（兩人沉默一陣，安妮看向門）

（頓）

馬莉：妳在看哪裡？

安妮：我在想這次有沒有這麼好運。

馬莉：什麼意思？

安妮：每次我們快要搞爛的時候，就會有人來打岔，讓我們可以稍微
　　　休息一下，然後可以比較和善的面對彼此。

（兩人一起看向門邊）

安妮：如果她馬桶壞了、燈泡壞了，所有的家具都壞了，那她就會出
　　　現拯救我們了。

（兩人不說話，一直看著門邊，好一陣子）
（馬莉慢慢把假陽具脫下）
（馬莉去洗手，開始做仰臥起坐）
（安妮開門看門後有沒有人，又關上門，走回房間內，放音樂，把音
樂放得很大聲）

安妮：魚要餵嗎？

（馬莉沒有回答）

安妮：會有一種生物只吃我腳上的皮屑就夠了嗎？還是說打從出生之
　　　後牠們就沒有吃過皮屑以外的東西？我要是給牠們吃魚飼料或
　　　者是蚯蚓，牠們會不會覺得那才是真正的食物？會選擇吃皮屑
　　　是因為別無選擇？

（馬莉沒有回答，持續仰臥起坐。安妮停住不動。敲門聲傳來）

房客：房東小姐……

（安妮衝去開門，馬莉坐在床上不動）

安妮：音樂太大聲了嗎？
房客：音樂太大聲？會嗎？哇，真的放得很大聲，但我房間還好，聽
　　　不太到。你們在 Party 啊？
安妮：（頓）對啊，要不要進來玩？

房客：不好啦，很打擾吧？

安妮：不會，進來玩嘛，人多熱鬧啊。

（房客跟著安妮走進房間，有點害羞的坐在沙發椅上。安妮拿酒拿餅乾招待房客）

房客：房東小姐……我很喜歡這首歌。

安妮：喔？真的啊？

房客：對啊，我們都會跳這個舞。

安妮：哇好厲害，那妳要不要跳跳看呢？

房客：不好啦。不好意思捏。

安妮：跳嘛跳嘛，一定很棒！那我幫妳打拍子。（打起拍子）

房客：（一邊笑一邊跳舞）呵呵呵……

安妮：很棒耶！好厲害！妳跳得好好看！再來一段好嗎？

房客：不好啦……我跳得不好……

安妮：妳跳得很棒啊！再來一段嘛再來一段！

（房客害羞一笑，跳了一兩招，隨即坐回沙發上，露出害羞的表情，等待安妮的評價）

安妮：太棒了太棒了！

（房客在安妮的鼓勵之下開始跳舞，安妮也學房客的動作，兩人一直鼓譟）

房客：他怎麼了？

安妮：他喝多了。來嘛來嘛，跳起來、跳起來！

（兩人跳了一小段，房客一邊跳一邊離開去倒酒喝，安妮突然扯開嗓子嘶吼裝 High）

安妮：跳啊跳啊，呀呼～～

房客：我喘口氣，呵呵。

安妮：啊呼～～跳啦跳啦～～誒妳在這裡住得還習慣嗎？

房客：喔，我很喜歡有陽台的房子喔。之前的房客有留下一些盆栽，然後我就去買了薰衣草、奶油花，妳知道嗎，今天早上薰衣草開花了！（安妮跟著歡呼，馬莉更形孤立）房東小姐妳去過我的房間嗎？我的床在左邊，我就想把它換到右邊，我想說換了風水不知道能不能交到新朋友……啊，房東小姐，我剛剛跟妳講馬桶的事，（馬莉冷著臉躺回床上，安妮暗瞪著她）妳不要在意，因為我突然覺得那個淙淙的流水聲，很像我小時候住在山上的小溪——

安妮：（突然狂笑）啊哈哈哈哈哈！小溪！妳好幽默，笑話天才！

房客：真的嗎這麼好笑嗎……（有點開心的，但又有點尷尬，然後突然想起某事）啊，等我一下！

（房客離場）

（安妮彷彿頓失依靠的往前追了幾步，在門邊停住）

馬莉：妳真的可以不用這樣。

（房客突然開門）

房客：房東小姐！

安妮：怎麼了？

房客：我是來給妳房租的啦。我都忘了。

安妮：喔！對。

房客：請妳點一下，不然我一直忘記。

安妮：謝謝，沒錯。繼續玩啊？

房客：謝謝啦，妳人好好，但是我明天還要上課呢。

安妮：喔，這樣……繼續玩嘛！

房客：那晚安囉，不好意思一直打擾你們。你們應該也要上班……（馬
　　　莉突然關掉音樂，突如其來的安靜讓氣氛立刻變得尷尬）啊哈
　　　哈。

安妮：不會，不打擾。

房客：我一身汗，哈哈，我等等就會去洗澡，然後就睡了。

安妮：好。

房客：祝你們玩得開心。晚安。
　　　真的很抱歉一直打擾你們。

安妮：不會，晚安。

（房客離場）

馬莉：要是這整個晚上都再也不會有人來了，這個房間只剩下妳跟
　　　我，妳是不是會覺得很恐慌呢？

安妮：我不知道。

（兩人面對面）

馬莉：恭喜妳。
　　　妳讓我無話可說了。

安妮：我是愛你的。

馬莉：我知道。

安妮：我愛你，這不是什麼大問題。

馬莉：是，我們想要的方式不一樣，這不是什麼大問題。

安妮：身體不是一切。

馬莉：的確不是。

安妮：我可以摸你。

馬莉：妳可以不代表我可以。

（頓）

春眠　簡莉穎劇本集 1

馬莉：妳不是說過妳會接受我真正的樣子嗎？妳說過吧？

安妮：我說過。

馬莉：雖然我不夠高，我不夠 Man，但我應該是男的。那才是我真正
　　　的樣子。

安妮：我剛認識的時候你不是。

馬莉：那時候可以不是。可是我總會慢慢知道自己要什麼。

安妮：對。我也是。慢慢知道自己要什麼。

（頓）

安妮：這樣說好了，如果我——我說我希望你不要去變，你會答應嗎？
　　　（頓）算了你不要回答，我不要干涉你的人生。

馬莉：妳覺得——那樣會比較好嗎？

安妮：我不知道是什麼開始不對勁了，但有東西開始不對勁——那時
　　　候你還比較女孩、你還有工作——

馬莉：我會去找新的工作，一開始總會遇到小小的困難。

安妮：（不理會馬莉繼續說）總之那時候你還有工作，我不需要每天
　　　擔心你的身體和心情——

馬莉：妳不需要擔心我啊，我都會自己處理得好好的——

安妮：你都不會自己處理得好好的。

馬莉：妳不要管我就好了。

安妮：可是你只有我了啊，你一直在我旁邊，我不可能不管你。

馬莉：妳開始想要不管我了，我知道的。

安妮：我沒有要不管你，只是偶爾需要休息——

馬莉：自從我開始束胸，會在褲子裡面塞襪子之後，妳就不愛我了。

安妮：不是那個問題。我只是覺得那樣很熱，你會很不舒服。

馬莉：我超舒服的。

（馬莉握著自己的假陽具開始打起手槍）

安妮：為什麼要這樣？

馬莉：因為我覺得這樣很爽。

安妮：我寧願看你自慰。

馬莉：可是我不願意。（停止打手槍）

安妮：拜託你不要這樣。（哽咽的）我們不可能一次面對這麼多改變，
　　　所以至少要控制其中幾個，至少工作，或生活，或做愛的方式，
　　　或者——或者——

馬莉：或者我還沒剪頭髮啊！（脫下短假髮，露出一頭長髮）

安妮：或者你不要一直威脅我！

馬莉：我沒有威脅妳！我從來沒有！我很謙卑的希望妳接納我！
　　　好嗎？（下跪磕頭，但是是生氣的）拜託妳接納我好嗎？拜託
　　　妳接納我好嗎？拜託妳接納我好嗎？

安妮：你不要這樣！你起來！

（馬莉繼續磕頭。安妮拿起呼拉圈，推開馬莉，蠻力的，哭泣的）

安妮：你起來！我要搖呼拉圈你給我起來……我要搖呼拉圈你起
　　　來……

（馬莉被呼拉圈推開，站起來，試圖抱著安妮）
（安妮抓到空檔，搖起了呼拉圈，馬莉只好貼著牆）

安妮：我們先保持一點距離。

馬莉：我愛妳。

安妮：先不要說這種話。（搖著呼拉圈一陣子）
　　　一開始的那些，都是真的。

馬莉：妳是說哪些部分？

安妮：你感受到的支持、善意、愛……隨便你怎麼說，那是真的。

馬莉：嗯。

安妮：可是，可是我很害怕。

馬莉：嗯。

安妮：當我開始發現我不能有一點點不支持、一點點偷懶、一點點的疲累的時候，我很害怕。

　　　我不能在你一些拙劣的嘗試之後跟你說，其實你當女生比當男生好看多了，你的樣子一點都不適合當男生，聲音那麼高，身材那麼性感，而當我這樣稱讚你的時候，你卻告訴我你聽到這些形容詞很痛苦。我不能在你每天跟我展示一點點成果的時候，告訴你我越來越沒有興趣知道這些，因為我應該對你有興趣大過於對其他任何事物。我要在你丟掉工作的時候說，你去做自己，我來幫你，而不能說，你先去找工作，找工作難道不是做自己嗎？我已經接納你了，我接納你的生活和你三不五時的壞心情，我接納荷爾蒙的副作用，我接納你再也不願意在我面前脫褲子，因為我一定要接納，我一開始的態度就注定了我不能有一點點猶豫的空間，我要比你更勇敢，比你更愛你每一個階段的樣子，因為這樣才足以證明我愛你而且我不會跑掉，永遠鼓勵你、愛你、給你溫暖！你想幹我的時候我就要讓你練習怎麼幹我！因為要準備面對重大改變的不是我所以我沒有資格哭！因為我說好了我就不能再說不好了！算我自私好嗎？我現在可以說不好嗎？我拜託你……

（頓）

馬莉：我問妳一個問題就好。到底是，我會變成男的這件事讓妳痛苦，還是這整個痛苦的過程中所有大大小小已經發生或還沒發生的痛苦讓妳痛苦？

安妮：我已經搞不清楚了。

馬莉：是我不好。

安妮：不要這樣說。

（頓，安妮持續的搖著呼拉圈）

馬莉：我想抱著妳。

（頓）

馬莉：我還不能靠近妳對不對？
安妮：還不能。

（安妮搖了一陣，呼拉圈掉落）

安妮：我接了一個客人，女的，她給我很多錢，但你完全不用在意，
　　　我本來想到死都不跟你講，我承認那次感覺還挺開心的。可是
　　　我知道我愛你。
馬莉：妳不愛我。
安妮：因爲我想到了一些失去的東西，所以我知道我愛你。
馬莉：妳不愛我。
安妮：你放心，我沒有讓她碰我的腳，沒有人可以碰我的腳。

（頓。馬莉慢慢的沿著牆壁坐下）

馬莉：「親愛的，對不起，昨天晚上我太激動了。我從來都不知道妳
　　　那麼討厭自己女生的身體，那麼這些日子以來，我們之間，到
　　　底算什麼呢？妳說我讓妳喜歡妳自己，那麼那個我讓妳喜歡自
　　　己的自己又是什麼呢？妳說，有一種昆蟲在幼蟲時期還不會化
　　　分性別，性別一化分的瞬間，它就變成成蟲了；妳說這個叫做
　　　『幼形成熟』，我其實是在跟一隻幼蟲交往……。妳憑什麼這
　　　樣說？妳憑什麼說妳還沒有長大？還沒有成熟？
　　　或許我們都是吧。但至少妳還想變，妳還願意去變。我還是希
　　　望妳能變成妳自己想要的樣子。如果這是妳真正想做的，妳就
　　　去做。
　　　雖然我們都不知道我們還可以在一起多久……。

　　　　錢的事妳先不用擔心。自己一個人在家，不要害怕，好好吃，

　　　　好好睡。晚上我會盡量早點回家。」

安妮：這是我寫的。

馬莉：我背起來了，那是我唯一擁有的東西了。

安妮：你可能不相信，我現在還是這麼想。

馬莉：妳可能不相信，我好希望她再來敲門，阻止我們兩個繼續談下

　　　　去。因為我快要傷心的暈過去了。

安妮：我也是快傷心的要暈過去了。

馬莉：我看不出來。

安妮：因為你看你自己的傷心就夠了，你什麼都看不出來。

（頓）

馬莉：不然這樣，妳離開這裡，妳走出這扇門，就不用一直看我了。

安妮：你為什麼不走出這扇門。

馬莉：我沒有力氣。

安妮：我也沒有力氣。

（長久的沉默）

安妮：而且我不想離開你。

馬莉：我可以罵妳髒話嗎？

（頓）

（長久的沉默，洗澡的水聲進，燈光轉變）

馬莉：她在洗澡了。妳興奮嗎？

安妮：閉嘴。

（洗澡音效停。長久的沉默，燈光持續轉變）

馬莉：天要亮了。

安妮：你應該要睡一下。

馬莉：然後呢？

安妮：我會跟你一起睡覺，醒來以後我會去買點吃的，我們一起吃。
　　　吃完之後，我陪你去醫院。

馬莉：妳剛剛講的那些都不算數嗎？

安妮：我不知道。可是我想對你好。

馬莉：我好感激。

（沉默，安妮慢慢的移到馬莉身邊）

安妮：我好想睡覺。

馬莉：我也是。

安妮：睡覺吧，醒來之後一切會好很多。

（兩人躺下，擁抱在一起）

安妮：我愛你。

馬莉：我也是。

（頓）

（兩人睡去，安妮發出了一個喃喃聲，聽不清楚她說什麼）

（馬莉慢慢起身下床，環視房間，撿起剛剛脫下的假髮，慢慢走到單
人沙發坐下，若有所思，睡著了）

（兩人睡去，燈光變化，傳來小鳥啾啾聲，早晨的燈光進，房客敲門，
門沒有關好，輕輕的開了，她背著上班或上學的包包）

（房客探頭進來，看到熟睡的兩人，動作小心翼翼，房客拿起一張卡
片和小盆栽，卡片放在熟睡的馬莉身上，盆栽放在地上，愉快的出門
了）

（卡片上寫著：「謝謝你們，我玩得很開心」）

（燈全暗）

（黑暗中，音樂響起。馬莉和安妮跳了一支舞，或許這是馬莉的夢，這兩人是這麼溫柔、這麼愛憐的對待彼此，充滿了光，前面的爭吵像是不存在似的。或說在某人的心中，希望那些撕心裂肺的爭吵從來不存在，但音樂的暴烈卻又透露著隱隱的不安。這段舞必須甜蜜又痛苦。隨著跳舞的過程，兩人愉快的將窄小房間的東西全部打落在地上，好像小孩在玩鬧那樣，不用去想怎麼收拾善後，只要盡情享受這時候的快樂）

（最後兩人相擁，走出了框限她們的房間，走出這個舞台，從劇場的出入口離場）

—— 全劇終 ——

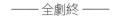

《妳變了於是我》首演資料

——第五屆女節——

演出時間：2012 年 5 月 25 日－ 27 日

演出地點：牯嶺街小劇場

製作人：朱倩儀

編劇／導演：簡莉穎

共同創作：黃郁晴

演員：黃郁晴、郭佩佳、朱倩儀

舞台設計：黃才真

燈光設計：郭欣怡

音樂設計：黃緣文

服化設計：林永宸

舞蹈設計：黃致嘉

彩妝天使：張義宗

舞監：吳孟糖

助理群：李瑋倩、曾仲儀、羅申

《妳變了於是我》創作起源

第一次真正處理 LGBT 主題，不諱言多少帶有自己的經驗。從小，我們的愛情觀都是重精神輕肉體，這個戲想處理的是，當一個人肉體變了、外在變了，原本的關係是否也會隨之轉變？是否會影響到「精神關係」？

這齣戲是我在 2012 年接案大爆炸中，一個多月邊寫邊排出來，為第五屆女節的演出節目。最開始，由於主題跟自己的距離很近，本想用象徵、隱喻的手法表現；經過一兩次排練就知道行不通，因為人跟人之間某些幽微的感情跟處境，只能用寫實來表現。**當許多寫實的微小細節累積起來，就能明白那些細節的巨大張力及底下不可言說的情緒。我強烈建議搬演這個劇本必須在寫實的基礎上，使場上的物件，成為兩人關係的延伸。**

其實每一次接觸不同主題都是一再的逼使我去回看、去尋找這些主題跟我的關係。

PART 2

對談集

說故事的人——
簡莉穎與她的文字們

採訪撰文　蔡雨辰

2009

- 文化大學第 43 屆畢業公演《甕中舞會》編導（首演：皇冠小劇場｜加演：南海劇場五校六系聯演）
- 再現劇團「2009 地下劇會」〈我們〉編導（首演：角落咖啡｜加演：再現劇團排練場）
- 大開劇團《Sing A Song・陪你唱首歌》劇本匯編（首演：國家兩廳院實驗劇場）
- 再現劇團《洛芙的十五首》部分編劇／歌詞撰寫（首演：地下絲絨音樂餐廳）

　　2017 年 5 月，四把椅子劇團在粉絲頁上公布了《叛徒馬密可能的回憶錄》的加演訊息。一啟售，不到十分鐘，三百張票券銷售一空。這已是劇團第二回公布加演訊息。這齣戲於 4 月首演時便迅速售罄，如此盛況約莫連劇組亦始料未及。《叛徒馬密》是簡莉穎自 2009 年出道以來的第二十部作品，亦是她於兩廳院「藝術基地計畫」駐館一年的成果。這是部關於 HIV 帶原者的作品，她在這一年中採訪了五個相關團體、十多位受訪者，包含帶原者及其伴侶、友人、社工、學者，並蒐羅閱讀了市面上所有關於愛滋的文字作品，透過田野訪談、資料整理，完成了這部三萬字的劇本。

　　除了在票房上告捷，其藝術成果不僅為她標誌了新的里程碑，也呈現她創作九年來匍匐前進的成果。有趣的是，來自中國的劇評藉由這齣戲將簡莉穎的創作特色摸得一清二楚，陳然發表於《PAR 表演藝術》雜誌的評論中指出了此劇提供的兩大啟發：「一是如何創作出符合中文語言習慣的『現代口語戲劇』，二是年輕創作者何以突破自身經歷的局限去創作。」（《PAR 表演藝術》雜誌 2017 年 6 月號）

　　自一九八〇年代第一代小劇場運動始，台灣劇場向來唯導演是從，可供參考的在地劇本不僅稀少，質與量更難兼顧。簡莉穎的發跡一方面來自她有意識的面對台灣劇場缺乏原創劇本的現況，另方面，她也在此匱乏的環境中逐步發展出自己的創作方法和語彙。她經常在演講中提及，自己並不是知道如何寫作劇本所以走向編劇之路，而是

- 再拒劇團《自由時代》共同編劇（首演：牯嶺街小劇場）
- 再現劇團《第八日》編導（首演：西門町電影公園）
- 慢島劇團《月孃》編劇（首演：寧夏夜市閣徠卡拉 OK ｜加演：2012 全台卡拉 OK 巡迴演出）

在機緣巧合中接下各類型的編劇工作，同時摸索成為劇作家的路徑。本書所收錄的四個劇本為她於北藝大劇本創作研究所時期的作品，一路讀下，或許可看出早年磨練手感的痕跡。

《甕中舞會》是她第一部長劇，向曾帶來啟發的西方劇本模仿，一點一點拼湊出心底原初的母題。《第八日》則從糧食議題出發，她在此作中練習田野與取材的能力，藉由大量的閱讀與訪問，拿捏寫作與素材的距離。改編自艾莉絲・孟若（Alice Munro）之〈熊過山來了〉（"The Bear Came Over the Mountain," 2001）的《春眠》則讓她學習掌握「寫實」的技術，藉由改編，尋找敘事的聲音。《妳變了於是我》雖是短小的獨幕劇，亦讓她嘗試搬演日常生活，從房間到舞台，如何在雞毛蒜皮中打撈意義？

初始・家・祕密

2007 年，廢娼第十年，妓權組織「日日春關懷互助協會」旗下的戲劇組織「嘿咻綜藝團」推出《縫裡春光》，由三件小品〈入口〉、〈我們〉、〈出口〉組成，其中，簡莉穎編導演〈我們〉一作，揭露原生家庭的暴力與祕密。初生之犢不畏虎，這齣戲的直截與赤裸教人

2011

- 《城市之光》展演計畫之〈房仲 OL 黃立慧〉編導／物件展覽（首演：南海藝廊）
- 台北藝穗節－張吉米策展之《第四屆台北藝穗節》〈眾聲喧嘩〉廣播劇編劇／製作（首演：城中藝術特區）
- 黑眼睛跨劇團「新點子劇展」《台灣 365－永遠的一天》編劇（首演：國家兩廳院實驗劇場）

印象深刻，簡莉穎與她的雙胞胎姊姊站在舞台上，訴說家內的性騷擾，似控訴、如告解，彷彿得一直說下去，人生才得以為繼。

彼時，簡莉穎大三，她參與日日春的志工已兩年。「嘿咻綜藝團」原要試圖做一齣關於性工作者的戲，然而成員們多非劇場科班出身，未有能力在田野中取材轉化為戲劇。於是，他們改從自身出發，做自己身上關於「性」的故事。在成員們的情感支援下，簡莉穎在舞台上誠實且坦率的說出了家內的故事。這個經驗一方面讓她意識到自己或許能夠「創作」，另方面也讓她學會看見人的多面性。

「做這齣戲有其『治療』效果，與其他人溝通，讓我發現自己的家庭經驗不是特例。此後，我比較能拉遠來看這個問題。」若沒有這齣戲所提供的「治療」，面對家庭，簡莉穎可能會一直卡在憤怒的情緒裡。將自身經驗轉化為作品時，角色就會變得扁平，成為單面向的壞人或魔鬼。「但戲劇應該要呈現角色的模樣，交由觀眾做判斷。這些整理有助於我去思考人的可能性與複雜度。」

〈我們〉成為她在文化大學的畢業製作《甕中舞會》的原型。2009 年，《甕中舞會》於皇冠小劇場首演，再次寫下家內不能明言的祕密與暴力。演後好評不斷，也讓劇場圈認識了她的名字，傅裕惠便在評論中這麼描述：「《甕中舞會》是一則魔幻寫實的寓言，過程天馬行空、風格變異，情感交流跌宕起伏；劇中不僅呈現如《歐蘭朵》（*Orlando*, 1928）式的性別變換、倒錯與重疊，亦富含戈爾德思（Bernard-Marie

2012

- 外表坊時驗團《春眠》編劇（首演：外表坊台北 363 小劇場｜加演：華山果酒禮堂、北京青戲節）
- 禾劇場「七種靜默」實驗室第二號《懶惰》編劇（首演：牯嶺街小劇場）
- 第五屆女節《妳變了於是我》編導（首演：牯嶺街小劇場）
- 創劇團「Hear here 讀。聚會」《是不是有些劇評比戲還像戲》編導（首演：南海藝廊）

Koltès）般繁複華麗的語言意象，縱放似莎拉・肯恩（Sarah Kane）般年輕極端的情感，夾雜了自我憎恨和對外控訴的批判。」

接地氣的原創劇本

在文化大學就讀戲劇系期間，簡莉穎便意識到沒有在地的劇本可導的問題。大三的導演課，因為對於女性議題的興趣，她選擇了蘇珊・桑塔格（Susan Sontag）的《床上的愛麗絲》（*Alice in Bed*, 1993）作為期末呈現。導戲時，她發現無法與這個劇本深入對話，只能以導演手法作一些浮面的拼貼。「它是一個非常西方知識分子式的劇本，知識密度非常高，很多論述及女性主義的典故。這些東西放到台灣劇場裡幾乎是失效的。」這個挫敗的經驗讓她開始有個念頭──既然沒有想導的劇本，那麼便自己寫吧。

因此，畢製時，她便決定自編自導。第一次寫作一個完整的劇本，她的參考對象是新文本的領頭羊莎拉・肯恩的《4.48 精神崩潰》（*4.48 Psychosis*, 2000）、維那・許瓦布（Werner Schwab）的《歐風晚餐》（*Overweight, Unimportant: Misshape-A European Supper*, 1991）與寺山修司的作品。她坦陳，當時她還無法立基於現實，處理生命中的

- 莎士比亞的妹妹們的劇團「做臉不輸─小美容藝術節」《SKYPE 拉 K》聯合編導（首演：南海藝廊）
- 莎士比亞的妹妹們的劇團《羞昂 App》編劇（首演：公館水源劇場）

暴力與痛，莎拉·肯恩直面情緒的能力與維那·許瓦布的殘酷美學或許碰觸到了她心底的意象。然而，她陷入語言的匱乏，找不到「自己的」語言撐起一齣戲以表述家庭經驗。於是，她稍微取巧的以夢作為主結構，劇中，幾個角色承擔了創作的意念，但還無法成為一個人物說出自己的話，對白寫作上也稍嫌文藝，是文句，而非對話。顯然，儘管這些西方新文本曾經帶給她滋養，卻也是沉重的包袱。

直到 2015 年的「對幹戲劇節」，簡莉穎以《看在老天爺的份上》對時下的新文本風潮開了一槍。2000 年後，歐陸的新文本開始頻繁出現在台灣劇場中，如海納·穆勒（Heiner Müller）、卡瑞·邱琪兒（Caryl Churchill）、羅蘭·希梅芬尼（Roland Schimmelpfennig）等。她質疑，這些作品儘管走在前端，雖言「直面」，處理的卻是歐陸社會的當下，我們能在其中理解台灣社會嗎？因此，她將問題拋向台灣戲劇圈──我們的文本在哪？我們的當代在哪？《看在老天爺的份上》嘲諷了新文本在台灣演出的荒謬與不合理。簡莉穎認為，語言是每一代人活動的痕跡，戲劇應當呈現當代生活，翻譯之後，生活的味道便蕩然無存。

她的創作也致力於尋找當代人生活中的語言，從文學作品到市井網路。同時，語言亦是建構世界的重要路徑，「對我而言，寫實並不是描繪真實，而是建構一個世界的能力，所以，奇幻也是寫實的，重點是如何架構筆下世界的合理性。」

從議題到人

2010 年，簡莉穎寫了幾個從「議題」出發的劇本，如《自由時代》、《台灣 365 －永遠的一天》及《第八日》。其中，《第八日》為再現劇團與喜馬拉雅自然文明保護協會合作的案子，在環保題材的命題作文下，她選擇以糧食問題為主題。寫作劇本前，她便讀了包括討論糧食問題的《糧食戰爭》、《美食有限公司：美國食物及美味食物的真相》及探討疾病的《致命的盛宴》等書。同時訪問了台大農藝系的學生，但得到的比較是技術上的資訊（例如：如何改良木瓜），有限的資料讓她沒有足夠的空間發揮，於是，她採以寓言的形式處理這個議題。

簡莉穎發現，通常從議題先行的作品必須在形式上下功夫，誇張化的人物和情境適合「講道理」，進行意識形態上的差異與辯證；另方面，當主題聚焦於事件或議題，人物的刻畫便無法深刻，便僅能用稍微卡通化的形式處理。「但我逐漸發現自己的興趣不在此，我還是比較喜歡從人出發，戲劇應該要呈現其他媒介沒辦法處理的問題。」因此，與其標榜某種意識形態，簡莉穎的創作目標實是理解人物如何看待這個世界，如何對各種情境做出反應。

2011 年的《春眠》便是嘗試寫進人的肌理之作。這齣戲創作於

2014

- 莎士比亞的妹妹們的劇團《羞昂 App》超有梗加演　編劇（加演：公館水源劇場）
- 果陀劇團《五斗米靠腰》編劇（首演：信義新光三越百貨）
- 前叛逆男子 BL 搖滾音樂劇《新社員》編劇（首演：公館水源劇場）

北藝大劇本創作所二年級下學期的課程，指導老師為金士傑。該學期的小品練習題目為老人，練習創作寫實劇。她改編了孟若短篇小說〈熊過山來了〉，留下故事的骨架：外遇、失智、新認識的男病患，創造了自己的人物及事件，並在人物長出自己個性後發展出不同的過去以及未來。

簡莉穎坦承，直到《春眠》，她才比較知道寫劇本究竟是怎麼一回事。因為改編依然有賴原著的故事架構，現成的架構協助她擺放人物，也讓她在推敲角色的人物行動時有所依據。同時，金士傑的指導方式也讓她獲益良多。「金士傑老師可以站在不同角色的立場去思考，所以和他討論劇本時收穫特別多。當我寫到三分之二卡住的時候，他會為角色設想各種狀況做為引導，讓劇本得以繼續發展。我們在討論的並不是劇本的概念或是主題，劇作家通常需要更實際更多細節上的討論，例如，這些人物會往哪裡去，為何而動。」

2012 年，簡莉穎應第五屆女節之邀，創作《妳變了於是我》。在精簡的製作規模與時程下，簡莉穎轉化了自身的情感經驗，將之置入這部小品。創作初始，簡莉穎便設定好這齣戲的問題意識——一對親密戀人的身體為何無法靠近？因為問題源自親身經驗，她不希望大剌剌的將自我攤放於觀眾面前，原先將故事設定帶有一定的寓言或詩意的色彩，然而，抽象的劇本反而會遠離問題核心。幾經考量後，她決定將主角設定為一對情侶，其中一位是即將變性的跨性別者。製作

2015

- 黑眼睛跨劇團「對幹戲劇節」《看在老天爺的份上》編導（首演：牯嶺街小劇場）
- 前叛逆男子 BL 搖滾音樂劇《新社員》加演　編劇（加演：新北市藝文中心）
- 台北人咖啡《呆吧人 EP2》導演／共同發展（首演：台北人咖啡店）
- 四把椅子劇團《全國最多賓士車的小鎮住著三姐妹（和她們的 Brother）》編劇（首演：國家兩廳院實驗劇場）

前，簡莉穎參加了跨性別網友的聚會，在聊天的過程中一點一點取材，「我必須知道角色的身體感覺，會癢，或冷？我必須知道這些細節才有辦法去寫他們為什麼會吵架。房間裡有什麼東西，他們會因為什麼事而開始吵架？」

藉由一場又一場的爭執戲，《妳變了於是我》清楚展現了一對情人在日常生活中的對立面，這齣戲的困難之處在於如何將日常搬上舞台，卻不能如日常般瑣碎凌亂，每一次的爭執都是推進，在房間場景中的每個物件都有其意義。「我發現的要領是：要將日常生活中會出現的元素用到滿，例如音樂，呼拉圈，以此堆疊出日常感，先讓物件以無害的方式出現，再慢慢成為兩人之間的張力。」

在語言的掌握上，簡莉穎受日本劇作家平田織佐影響甚深。「他把日常的語言處理得非常好，讓我更知道怎麼去寫日常的語言。日常是經過挑選與編排的，在舞台上的日常永遠不是真正的日常。」2014年，她參與了平田織佐開設的工作坊後，使用了他的方法寫作《全國最多賓士車的小鎮住著三姐妹（和她們的 Brother）》。這齣 100 分鐘的作品其實是部獨幕劇，場景皆在同一個客廳，全靠人物上、下場來切換事件。簡莉穎從平田的工作方法裡掌握到的原則是，登場人物必須具備資訊量的差異，對話要從資訊多的流向資訊少的。「例如戲中有九個角色，我就得設定 A 知道某些事，B 又知道另外某些事，建立核心角色與外圍角色，在人物進出或各種組合中，將資訊慢慢帶出

2016

- 四把椅子劇團《全國最多賓士車的小鎮住著三姐妹（和她們的 Brother）》編劇（加演：台南藝術節）
- 窮劇場《七種靜默：懶惰》編劇（加演：高雄春天藝術節、牯嶺街小劇場）
- 耳東劇團創團作《服妖之鑑》編劇（首演：公館水源劇場）
- 前叛逆男子 BL 系列作品 II《利維坦 2.0：Delete 前決定愛不愛你》編劇（首演：公館水源劇場）

來。」人物進行對話是為了交換資訊，在此過程中，觀眾便能慢慢理解故事的全貌，這些舞台中人也就成為一個人物，而非僅是傳遞說明性台詞的扁平角色。

說故事的人

女　：就在他們離家的那天早上，美心不見了。

美心：在他們離家那天早上，美心不見了。

　　　美心說，我上樓拿一本書，很快，你在這裡等我。

正陽：上樓拿一本書，很快，正陽在車庫等她。

　　　過了十五分鐘。

　　　正陽熄火、停車，走上樓梯。

　　　美心能去哪裡？

男　：哪裡也沒有去。

　　改編小說為戲劇，劇作家首先得找到敘事的視角。在《春眠》開場，簡莉穎便讓敘事者出場，藉由第三者的視角，緩緩訴說這個故事，彷彿也藉此讓孟若還魂，維持小說裡慣常的淡漠而靜定的氛圍。而藉

- 「藝術基地計畫」，四把椅子劇團《叛徒馬密可能的回憶錄》編劇（首演：國家兩廳院實驗劇場｜加演：公館水源劇場）
- 耳東劇團《服妖之鑑》編劇（加演：台灣戲曲中心）

由敘事者的切換，舞台上似也可營造出剪接的效果，豐富故事的層次，放大時空的跨度。一轉身，便是萬水千山。

《春眠》之後，在幾齣結構較為龐雜的作品中，例如《服妖之鑑》、《叛徒馬密可能的回憶錄》，簡莉穎有意識的使用「敘事者」這樣的角色。在《春眠》中，兩位敘事者僅單純說故事，至《服妖之鑑》，簡莉穎擺入中國傳統說書人的敘事角色，帶有戲曲和鄉野奇談的色彩。而到了《叛徒馬密可能的回憶錄》，主角均凡更是一位紀錄片導演，除了處理 HIV 的問題，更藉此提問：當一個人的故事與生命不可能被完整再現，說故事的人意味著什麼？

「我對於虛和實很著迷，我對於說故事的人怎麼看待這個故事很著迷，也有點帶入我自己對於『說故事』這件事的思考。另外，也是因為劇本的時間跨度大，比較複雜，敘事者此時就像個鏡頭，帶領觀眾到不同的地方。」

使用敘事者作為推進故事的方法，簡莉穎有意識的承襲了布萊‧希特（Bertolt Brecht）及當代德國戲劇的傳統，以及中國戲曲中的敘事與旁白。在布萊希特的劇作裡，往往會有一個與主要情節無關連的人物對觀眾直接說話，如《高加索灰闌記》（*The Caucasian Chalk Circle*, 1944）裡的「說書人」，而劇中某些角色也可以直接和觀眾說話，如《四川好人》（*The Good Person of Setzuan*, 1943）裡的「老王」，或是如當代德國許多劇場作品中，角色會在對話中突然跳出改

以第三人稱敘述對手角色的行為或意識，自由切換敘事軸線。

自己的故事

出道至今，簡莉穎以一年平均三齣劇的產量持續創作。她逐漸建立出自己的工作方法與美學標準。「出版劇本對我的意義在於，希望可以在劇場中累積更多從血肉到肌理都是長於自身的戲劇，不需要假託一個歐洲中產階級來敘說自己的故事。」

回到初衷，如果簡莉穎一開始的創作是為了處理自己身上的暴力與傷口，一路走來，除了學習怎麼成為劇作家，更多時刻，她是在學習如何呈現曾經生活在這座島嶼上的人，而後，她的劇作經常面對的是歷史的暴力與傷口。《甕中舞會》那引人發痛的結尾，也似乎隱隱流竄在往後的《服妖之鑑》、《叛徒馬密》之中。

> 我身在此處，既非女人，亦非男人；既是男人，亦是女人；曾經生，也曾經死。我們合而為一，成為全部，成為虛無，我們緊密不分離。

尋找新寫實——
簡莉穎 × 于善祿
漫談台灣小劇場

主持／撰文　許哲彬

逐字稿整理　林祉均

對談時間　2017 年 4 月 20 日 14:30 – 18:00

劇場的召喚

許哲彬（以下簡稱許）：請兩位先聊聊第一次和劇場相遇的契機。

于善祿（以下簡稱于）：我 1989 年進入輔大英國語文學系，那個年代如果不是科班出身，就是文史背景的人比較容易接觸戲劇。因為外文系上有年度公演，比例上男生又少，所以男生被找去演戲的機會比女生高，基本上都是英文演出。因為系上風氣，我們對於表演是很自然習慣的，一年到頭都在演戲，學生會戲稱自己是英文系戲劇組。很多課程開得很細，類似專題授課，如文藝復興時期英國文學、浪漫時期英國詩歌，或二十世紀英國文學等。我在這些斷代和專題裡找出重要的戲劇作品來看，四年下來應該也讀了一百多個英文劇本。

簡莉穎（以下簡稱簡）：搞不好比戲劇系學生讀的還要多。

于：我記得當時大三左右（1991），看了第一齣舞台劇，屏風表演班的戲，改編自林懷民的小說〈蟬〉，在國軍文藝活動中心。我對它的敘事方式印象很深刻，很順暢、很自由的藉著一個舞台動作從第一人稱轉第二人稱。在看《蟬》之前完全沒有想像過劇場能這樣子跳進跳出的轉換敘事。大一時在課堂學習 POV（觀點，Point of View）的文學術語，以為只能在小說文本裡有所對照，

譬如意識流，卻從沒想過可以發生在舞台上。

另外一個經驗是，才剛在「西洋文學概論」課堂讀過亞瑟‧米勒（Arthur Miller）的《推銷員之死》（*Death of a Salesman*, 1949），老師就告訴我們有個劇團正在演這齣戲，我好奇英文台詞怎麼變成中文演出，就買票去看了楊世彭在表演工作坊導演的《推銷員之死》（1992）。還有金馬國際影展，有一年看了梅爾‧吉勃遜（Mel Gibson）版本的《哈姆雷特》（*Hamlet*, 1990），對照著剛在課堂上讀完的莎劇劇本，感受到影像改編文本的衝擊等等。在當時，一旦這樣子的經驗被啟蒙了，你的熱情就會一直來。看演出的興趣打開之後，也不止看戲劇節目，現代舞、戲曲或是在各種奇怪場地演出的小劇場來者不拒，生活省吃儉用，把家教賺來的錢先拿來買戲票、電影票，剩下的才是微薄的生活費。那也是九〇年代的看戲氛圍。

簡：我身為中部小孩，比較沒有這種劇場經驗。第一次看戲是高三，「果陀劇場」的《天使不夜城》（1998），因為是蔡琴主演，歌舞劇看起來很厲害，覺得很好奇、很吸引人，我還買了最前面的座位，兩千多塊的票價，但演出本身並沒有很打動我，所以看完並沒有對戲劇有太大的興趣。

真正被戲劇召喚的時刻是在東華大學唸大一時，我去旁聽中文系戲劇課，老師放了田啟元《白水》（1993）的影像，覺得很有趣、很好看，才開始會去看一些演出。接著，有次在台北看了來自日本的流山兒事務所演出的《玩偶之家》（2002），印象非常深刻，

嚇壞我了的好看！我本來在東華大學念原住民系，因為對本科沒有太大興趣，當時正在思考轉學，看了戲後，才決定報考文化大學的戲劇系。

後來考上文化大學戲劇系之後，開始了每個週末的行程塞滿看演出，每次三齣、四齣這樣子看。

許：善祿老師剛剛提到的九〇年代的看戲氛圍，是我們這一代沒有經歷過的，可不可以請你多分享一點？

于：莉穎剛剛提到一個週末看三、四齣戲的狀況，差不多是這十幾年來才發生的。九〇年代的演出量沒有那麼多，一個月能夠看四、五齣就算很了不起了。我覺得九〇年代最有趣的是各種演出場地，譬如愛國東路加油站對面地下二樓有個「B-Side」，就是舉辦第一屆女節（1996）的地方。臨界點劇象錄劇團的白水生活劇場、王小棣的民生劇場，幼獅藝文中心、耕莘文教院，還有國軍英雄館後面的實踐堂也會有一些小演出，皇冠小劇場在當時算是很重要的小劇場演出據點。倒是牯嶺街小劇場出現得比較晚些，1997 年那時還叫做「中正二分局小劇場」，要等到 2000 年後才改名「牯嶺街小劇場」；天母誠品在 1994 年也有辦過「人間劇展」……

現在回頭看，台灣劇場在八〇年代是搭著解嚴的列車進入一些非制式空間，到了九〇年代則有更多白天原本是消費性空間，但一到晚上就變成演出場地的場所，像是台灣渥克咖啡劇場、堯樂茶

酒館、魯蛋、發條橘子等。當時的創作者的能量不像現在這麼高，不過大多帶著八〇年代的遺產，想要開拓、突破空間表演性的可能。雖然這幾年的臺北藝穗節也有許多非制式劇場空間的演出，但這是官方包裝的活動，不像九〇年代，是被制度化之前的野生狀態，比較波西米亞、「噗攏共」（日語：流浪漢、無業遊民），甚至是無政府。像捷運尚未通車的 1996 年之前，觀眾可能是騎著摩托車，想方設法才能到達一個不熟悉的空間，去看一群人兜在一起做新鮮的玩意兒。這種為了看演出花費的時間成本更加深了去看戲時的「儀式感」，你要做好很多準備才能到達演出空間，因此當下觀看的經驗會留下非常深刻的印象。

新寫實之路

許：老師先前提到九〇年代的劇場，當時的劇本創作是什麼樣的風景？老師有親身體驗過，可以描述一下那個歷史現場嗎？

于：那個年代，台灣渥克劇團、河左岸劇團、臨界點劇象錄劇團這些劇團是主力，莎妹、金枝演社、綠光劇團、創作社都正慢慢成形，幾個大團像是屏風、表坊和果陀，已經有自己的脈絡在發展。我覺得當時比較明顯的特色是各團都在尋找自己的美學語彙，不見得在劇本上，更多是表現形式上的嘗試。比方說優劇場開始打鼓、

跟太極結合，之後才成為「優人神鼓」；台灣渥克和現在的再拒劇團有點類似，想要跟青少年次文化結合，或是在民間遊藝、綜藝裡頭找方向。這種「找身體」、「找表演形式」的特色從八〇年代末期就已經成為小劇場的顯學，反而是在劇本取材上還無法像現在這麼放開胸懷的去書寫，主要還是用象徵去碰觸台灣歷史或社會事件相關的題材，而當時也比較沒有像莉穎這樣主力書寫劇本的創作者。

莉穎的作品裡的語言特色，我暫時把它定位在「新寫實」這個狀態。台灣過去幾十年的的劇場史裡，其實有一條脈絡產生了斷裂，就是「寫實主義」。它曾經萌生在一九二〇至四〇年代，在日治時期的背景底下，以一種知識分子的語言存在著，例如當時的台灣文化協會。

簡：他們想要在日治的社會脈絡裡找到台灣的聲音和語言，提出一個口號是「演出台灣人的故事」，跟政治歷史背景息息相關。

于：對，像台灣文化協會的目的性很清楚，然後再透過創作的行動去達成目的，才會產生清楚的脈絡。但這條寫實主義的脈絡後來卻斷掉了，可能因為戒嚴的關係，創作者不能夠在創作中回應與直面現實，必須有另類的書寫策略。譬如姚一葦寫過的儀式劇如《紅鼻子》（1969）、馬森的《花與劍》（1977）等，都是把現實放進一個符號空間裡，成為一種架空的「擬寫實」。但那其實是不接地氣的。因此，前面提到的寫實主義那條脈絡在戒嚴時

代產生了斷裂，然而一旦解嚴，劇場很快的和社會運動結合在一起，又往肢體語言和空間形式發展來批判現實，但主要是意識形態和政治理念的陳述。直到最近十幾年來才看見文本的回歸，創作者們慢慢重新拾起斷裂的寫實主義，回到文本、語言以及面向社會真實。但是，可能因為這個斷裂的時間太久，尚未找到適切的方式回應現實。我剛回到學校教書時，仍然感覺學生們的劇場書寫有一種架空感；到了更近一點的時間，有些寫作方式又被歐洲的新文本影響，雖然新文本也是在回應現實，不過它的形式比較多元。所以，我才暫時把莉穎的書寫狀態稱之為「新寫實」，因為是重新找到一種承接寫實主義的脈絡，也提醒了我們必須面對真實的議題，這才是屬於我們的直面戲劇。

簡：我很能夠理解你剛剛提到的架空感。對我而言，從小的敘事養成不是來自日本就是歐美，台灣文學似乎並沒有對我起太大作用，或者說，我從小的養成反而讓我跟台灣文學很隔，戲劇教育更是，我是到這幾年才慢慢建立跟本土、在地的連結。比較大的困擾是，我比較少看到情節高潮迭起又適合改編的大眾讀物，或者說就算要改編，我自己也還沒有足夠的養成去做。我常舉例，假設我要塑造一個妓女，國外影視作品看多了，腦中第一個浮現的是國外電影裡妓女的樣子，但要塑造一個萬華的妓女，我對那裡的空間、氛圍、體感、她的工作跟生活、她會如何講話行動，就要更努力去瞭解才能做到。

解嚴之後小劇場運動受西方劇場影響，大多走後現代、拼貼、破

碎、肢體，有的直接搬演西方當代劇本，對我來說可以直接承襲的本土養分並不算多，重新找回在地的主題有些困難，現在必須要練習做田野、去觀察、找資料，然後發現這些資料也沒有出版。這幾年本土意識越來越強，越來越多在地素材出版，這對我來說非常重要。我覺得這跟劇場和其他領域能取得的條件與資源有關，要怎麼找回自己的書寫是艱辛的歷程，明明生活在這裡，卻好像生活在他方。一開始要寫劇本，我的語言還是頗有翻譯腔，我想那個戲劇教育的養成影響真的滿大的，斷裂彷彿是一個必然，因為這就是我們的養成背景，更重要的事情是，我們也不能夠只拿別人的戲劇來發展我們的素材，那是完全脫節的。

簡莉穎的創作六特色

許：善祿老師第一次看莉穎的戲是哪一齣？

簡：是〈我們〉嗎？

于：對，那是妳編導演的作品，對吧？跟雙胞胎姊姊一起演出的。我記得是在「再現劇團」當時在南昌路上的地下空間演出。

簡：那是 2009 年，但〈我們〉在 2007 年就已經在「日日春關懷互

助協會」演過了。

于：還有妳在文化戲劇系的畢業製作《甕中舞會》，也是比較早的作
　品。之後除了 2012 那年我讓自己休息一年，不太看戲，錯過了
　《懶惰》、《妳變了於是我》之外，幾乎妳所有的作品都看了。
　一路也看了十年左右。

許：在老師長期的關注下，對於莉穎的創作軌跡有什麼樣的看法？

于：我在莉穎的作品裡歸納了六個關鍵字來說明她的創作特色。首先
　是「社會議題的關注」，我認為這也是她最明顯的特色。像剛剛
　提到的〈我們〉就是莉穎在日日春當義工時創作出來的，我相信
　社運經驗對她在這部分影響很大。近十年來，與莉穎同輩的其他
　幾位劇作家也有相同的傾向，譬如蕭博匀的《Play Games》和陳
　建成的《解》。我感覺這一代的劇作主題直接指涉學運經驗、各
　式各樣的正義轉型、世代之間的剝奪感，或是與既得利益者之間
　的一種抗衡。這些關注在近年越來越多，而莉穎一直以來目光幾
　乎從未離開這些主題。

簡：我其實不覺得我是關心社會議題，應該說，這些事情就是發生在
　我自己以及周遭的朋友身上。它是生活的一部分，因此很自然的
　帶進創作裡。我不可能去研究一個離我自身很遙遠的議題。

于：第二個特色是「戲而不謔的幽默」。莉穎即便是在處理嚴肅的議題，仍然會放進幽默的語言去「鬆」一下那個緊張感。我覺得這些喜劇的節奏並非硬插進來，反而把戲串在一起，這樣的幽默感是有機的，像最近的《叛徒馬密可能的回憶錄》就是一個例子。

簡：我覺得這就是台灣人的個性。台灣人談沉重的事情時，常常會自我解嘲、挖苦一番。我很喜歡舉一個例子：我有一個大姑婆，她得知自己罹患癌症必須住院開刀的時候，哭得死去活來，她想說，如果要死，也要漂漂亮亮的死，於是在手術前跑去美容院做頭髮，還穿旗袍、戴耳環，把自己弄得光鮮亮麗。結果一到開刀房，護士就告訴她不能戴這些東西進去，她就一邊把耳環拿掉、旗袍換掉，一邊哭著換上手術服，覺得自己弄了這麼久實在「嘸彩工」（閩南語：做白工）。這是只屬於台灣人的荒謬，我劇本裡的人物不會像英國或德國劇本，滔滔不絕的論述演講，因為每個地方的人個性都是不太一樣的。

于：歐洲人差不多在十六、十七世紀之後開始出現一種「儀態或矯飾」（Manners），一種「就算沒有也要裝腔作勢」的姿態，才能夠在各種社交圈子裡打轉。我覺得北京人、上海人也有，從身體到語言都要擺個「爺兒樣」，像是老舍《茶館》（1957）裡的那些人物。身體會影響語言，進而整個精神性也會連帶影響，台灣好像比較沒有這種東西，要不就是「衝衝衝」或是憨憨的台灣牛，要不就是傻裡傻氣的自我解嘲；台灣人的投機、裝腔作勢的性格

比較晚近，長期以來最貼近台灣人的草根性本身並沒有這一塊。我覺得莉穎掌握這種台灣的生活感是非常精準的，這可以繼續接上第三個特色，我稱它為「入心入性的語言」。我感覺，演出莉穎劇本的演員可以很容易的駕馭她的語言；或者應該說，不用去駕馭語言、和語言打架，而是「含納」進表演當中，因此這些角色說出來的話比較像「人」。

許：這讓我想到，之前第一次復排《全國最多賓士車的小鎮住著三姐妹（和她們的 Brother）》的時候，所有演員非常奇妙的很快就把台詞對完，彷彿才演完沒多久一樣。我問他們為何，王安琪就說，如果劇本寫得好，對演員來說不會那麼輕易忘記台詞，只要開始走位、抓到身體感，台詞也會跟著從記憶裡跑出來。許多人對莉穎的印象也都是台詞寫得好。

簡：我覺得其實是因為少有前例可循。台灣在八、九〇年代的劇本，語言都比較詩意，或是說，比較屬於知識分子的語言。我最初創作劇本時，也是在學習西方劇本的翻譯腔，畢竟在學校裡接觸的都是翻譯而來的外國劇本。之後創作上的改變，真的是在一個又一個的作品中慢慢養成，學習和瞭解語言一定跟人物有關，也跟事件有關。譬如說《月孃》的設定非常本土，所以必須去查、去找，甚至去接觸這些大眾庶民的語言究竟是什麼。不同社群會有不同的語言行為，不管是去田野調查，還是在網路上大量蒐集資料，都是我累積如何掌握人類行為的養分來源。

另外，這也取決於這部戲是以角色為主，還是概念為主，我才知道該怎麼出發。像《第八日》、《自由時代》、《台灣 365 －永遠的一天》是要討論某些議題，人物並不是那麼重要，反而語言比較難掌握，因為假使角色的樣貌不清楚，說出來的台詞就容易淪為只有意識形態。其實大概從《新社員》、《全國最多賓士車的小鎮住著三姐妹（和她們的 Brother）》、《服妖之鑑》這幾齣戲開始，角色和事件是我在寫作時比較著重的部分。除此之外，角色和空間的關係也很重要，因為人物不會憑空行動，會有進出空間的前因後果，這方面我受平田織佐的啟發很大。

于：第四個特色是比較眾所皆知的，是「原創劇本的堅持」。我認為這裡指的「原創」不僅僅只是從無到有，因為就算是改寫契訶夫（Anton Chekhov）作品的《全國最多賓士車的小鎮住著三姐妹（和她們的 Brother）》，也重新處理了情境脈絡和語言狀態；並非替換式、只停留在表層的那種改編，而是改寫了整個結構的血肉，這當然是有創作成分在裡頭。我認為對原創的堅持是莉穎的創作脈絡中很重要的標記。

簡：大學時我是編導組畢業。後來考慮報考北藝大研究所時，原本有在掙扎要選導演組還是劇創組。後來決定去劇創組，有一部分原因是因為我不想要再導外國翻譯劇本了。我在大學時期導演過《床上的愛麗絲》（Alice in Bed, 1993），當時的經驗非常痛苦，因為劇本談論的女性主義很菁英，而且是美國那一套的菁英，只

能想一些形式來套，但自己也知道是在硬套，因為沒有人聽得懂這些角色在說什麼，更不用說文化上的共鳴。

于：第五個特色是「每戲一格的多樣性」，意思是說莉穎的每齣戲無論格式也好，或敘事觀點的運用採取，甚至是構成角色行動的語言等，這些元素之間的存在感都不太一樣。這在《服妖之鑑》最為明顯，雖然劇情裡的時空不斷跳躍，但觀眾不只閱讀到情節或人物，語言的狀態同時間也被彰顯出來。即使都是在處理語言敘事，《羞昂 App》又是完全不同的面貌。這個多樣性也是指她的每齣戲都有一個自己的風格或形式。

簡：我通常不會先想好要怎麼寫才開始動筆，而是要依照主題去思考如何靠近它。比方說，《叛徒馬密可能的回憶錄》的格式，是我在田調過程以及受訪者的訪談經驗裡，深刻感受到每個人對同一件事物所折射出不同的角度所產生的生命的落差，於是才會採用訪談的手法來編寫。《服妖之鑑》則是從說書出發，戲曲感和年代感都比較重，像謝盈萱飾演的凡生，他的語言是從瓊瑤電視劇的年代而來；明朝的段落則是參考了我讀過的戲曲。所以當我在寫劇本時，很重要的功課是取材，並且和這些材料互動，才會產生我想要達到的格式。

于：我猜想，妳像是浸泡在某種狀態，因為浸泡會產生酵素，然後才有那些泡泡冒出來。

簡：對我來說，依據人物而寫也很重要，人物會怎麼說話？怎麼行動？不是套一種對話感的公式。這幾年很多人討論新文本（New Writing），可是我們拿到翻譯過的新文本其實語感都一樣，就是翻譯語言，但如果你看原文就會發現其實不是這樣。語言是關乎身分、年齡、職業、背景，甚至關乎劇作家想要陳述的主題。

于：最後一個特色，我認為是「劇本品質的穩定度」。一路看下來，莉穎幾乎沒有不太理想或失敗的作品，而且量也大，在穩定的發展曲線裡可以看到妳跟不同的創作者、劇團，磨合出不同的風格、主題和形式，更可以看到未來的可能性。

戲劇學院與劇場業界的連結

許：莉穎是從台灣的戲劇學院系統出身，善祿老師則是一直在學院裡任教，對兩位來說，學院的戲劇教育對於創作者進入業界的影響如何？

于：我的經驗主要還是在自己任教的北藝大。台灣的學院訓練主要以藝術專業和理論的基礎打造為主，離開學院之後的發展還是得看機運，演員如果是往影視界的方向，外型可能又決定了絕大部分的因素。我認為編劇最難出頭天，有許多學生的作品雖然得了文

學獎肯定，但持續從事編劇這行的人寥寥可數。這除了和整個環境對編劇的需求有關之外，在校期間也得看學校資源是否剛好到位，以及老師們和業界的連結能否給予學生畢業後在職場上的保障。北藝大曾經想和三立合作影視編劇工作坊，建立類似建教合作的計畫，但建構不夠完備，成效並沒有很出色。再早期一點，如賴聲川曾經提供一些導演機會給陳明才、鴻鴻、李建常、符宏征等，也帶著一票演員到業界闖蕩，但因為表坊的劇本多半是由賴聲川自己主導統籌，因此編劇的培育確實比較少。類似的狀況，像呂柏伸也是把台大戲劇系、中山劇藝系的一些學生拉進台南人劇團工作。另外，劇場設計界的師承關係也許更為緊密一點，像北藝大劇設系的老師們如果在業界的設計需要助理，就會帶學生一起進劇組。

簡：我是在做完大學畢製《甕中舞會》之後，開始有一些朋友會來詢問合作的可能。離開學校之後我的第一齣製作是朱宏章老師找的，當時他正在導大開劇團的《陪你唱首歌》（2009），原本的劇本有一些問題，他就找我去彙整劇本、重新整理。後來案子就陸陸續續相繼出現，起初是文化戲劇系的學長剛成立「再現劇團」找我，因緣際會下認識「再拒劇團」也展開合作，人脈的網路打開後，一路寫到了現在。老實說，我的劇場職業生涯和學院的教育並沒有太直接的關聯，學校主要還是以創作的訓練為主，但其實我也認為創作是很難教的，並非像以前電視的演員訓練班有一組套路立刻上手，嚴格來說，學院教育的重點應該是涵養的孕育。

于：像我還聽說過賴聲川的導演課是讓學生聽爵士樂。

簡：在北藝大唸劇創所時，對我幫助是比較大的是金士傑老師的課，他是一個充滿智慧的長者，《春眠》就是我在他的課堂上寫出來的。金老師在跟你討論劇本時會陪你深入人物內心，可以感受到他的人生經驗以及對人的關注，聽他說話可以打開許多想像。他也不是教你怎麼寫，而是不斷討論，寫了之後再討論，反覆進行。

許：所以無論好壞，學院體制對於妳後來在業界工作有任何影響嗎？

簡：上了北藝大研究所之後發現，在台灣劇場環境裡，做戲仍然很依靠人脈，譬如說，當時林如萍老師願意參與演出我的《春眠》，對製作和排練都是很大的幫助，最直接的影響會反映在票房或宣傳上。對我來說，學院的作用在於創作的養成，畢竟你還是會因為上課而去讀許多你本來不會讀的書，去涉獵更多不同的領域。

于：我覺得學院教育培養的是「意識感」。有些東西可能平常都在接觸，但當有了意識感的能力後，很快就能融會貫通，創作的某些開關就打開了。在學校裡，學生如果有術科才華其實是很容易突出的，通常在大一時，學生和劇場這門藝術會產生一些衝撞，接下來大概會慢慢摸索出方向來。在北藝大有主修制度，老師們會針對學生個別狀況給予觀點上的建議和提醒，長項、弱項、機會或危機都會告訴學生。

簡：文化大學的戲劇系比較是走自立自強的路線。

許：台藝大也是類似，我們的制度是全班一起做一齣戲，無論是班展或者是畢製，很明顯的發現全力投入的同學就是固定那些人。沒有主修制度的學校應該都差不多。

簡：畢業之後，會繼續留在劇場的人大概也就是那同一批人。

于：我也有觀察到，在學校有突出表現的學生，容易在畢業之後聚集在一起成為群體的創作能量，尤其是你們這幾屆。比方說，我去看莉穎的〈我們〉時，就有強烈感受到當時「再現劇團」和那個空間把你們這群文化戲劇系的湊在一起的能量。另外，有一陣子我常常擔任台藝大「實驗劇展」的評審，看到台藝大許多很不錯的創作和演員，後來也逐漸在劇場界看到這些面孔，像王安琪、四把椅子劇團，也是糾集了一群人；同時期台大戲劇系也有「仁信合作社」在做西方當代劇本的演出。在這幾個團體形成以及和劇場開始產生互動的這段時間，北藝大的校友所組成的劇團，較具代表性的是曉劇場、阮劇團、魚蹦興業，這幾年才有風格涉。

全職創作者的生存與市場環境

許：莉穎幾乎是以劇本創作在支撐生活吧？

簡：是。很辛苦，一年至少要寫兩、三個劇本，搞不好更多，也是近
兩三年的時間才有辦法勉強把創作當全職。2015 年兩廳院駐館
藝術家計畫的費用對我生活資助很大，否則研究所畢業之前還是
得依靠家裡給的生活費。

現實情況就是台灣劇場的市場太小，作為劇作家也不可能靠加演
或巡演場次的權利金提高收入，場次就是太少了，所以必須去兼
差有的沒的工作，像是參加講座或活動。全職創作很困難，為了
一齣戲所花的時間和心力都是很可觀的成本。不是每一次都能擁
有像兩廳院駐館計畫這樣的資源讓我好好做田調，但是無論資源
多少，每一次創作時，這樣的過程卻都是必需的，長久下來是很
驚人的消耗，像 2016 年下半年我就有強烈的創作倦怠感。曾經
在臺北藝術節和《失竊的時光》（Diebe）的德國編劇黛亞‧洛
兒（Dea Loher）有一場交流，她說她一年寫一個劇本，可以支
撐一整年的生活費。這種條件在台灣是絕對不可能發生的，太羨
慕了。

許：台灣絕大部分的演出收入來自補助和票房，補助永遠杯水車薪，
但是我們的環境和市場基礎要讓票房收入提高更多也很困難。就

各方面來說，在最初的起跑點上，我們擁有的成本本來就很少。

簡：我們沒有產業，不像百老匯或倫敦西區，一齣受歡迎的戲能連演好幾個月甚至好幾年，在同一個劇院一直演下去。《叛徒馬密可能的回憶錄》就算賣到一票難求，可是場地只能租一個禮拜，要再申請又要等到明年。

許：於是又會碰到另外一個問題──在台灣自由接案的生態裡，你很難敲演員時間，因為演員們的處境也很辛苦，為了過生活也必須到處接案子，時間經常重疊在一起。

于：就像剛剛莉穎提到的美國或英國的劇場產業狀況，國外還會有劇本經紀人幫創作者開發各種可能性，創作者就是純粹創作，收入主要來自於版稅。可是這種劇場生態，我只能想像以整個大中華市場為思考，跨國、跨區進行華文劇本創作，通過一個經紀公司跟各個劇院或是大陸的院線集團接洽，形成一個劇本市場來進行版權交易，這就是西方的做法。在中國可能行得通，但若只是把地理空間限制在台灣，幾乎是不可能辦到。

許：但如果要把我們的作品輸出到中國，又會遇上審查制度的問題，像莉穎的劇本可能沒有一個過得去，因為對中國政府來說都是敏感的議題。

簡：而且還是有文化差異，譬如他們的笑點和我們不同，我們的笑點對他們也不接地氣。

于：更惱人的狀況是審批即使過了，卻要接受內容被閹割，例如表坊的《如夢之夢》及《寶島一村》，或之前綠光《人間條件3》也是改了幾個部分，才能在中國上演。但這其實是政治社會學的結構性問題，整個牽絆在一起。在這樣的情況下，原本就不成產業的文化藝術又更加的被邊緣化。

還有另外一個方向可以討論，就是這幾年的文創熱潮，在劇場圈裡目前可以明確看到的是故事工廠和蘇麗媚的夢田文創，或全民大劇團之前和凱渥合作的《瘋狂伸展台》，或莉穎的《新社員》也是某種 IP（知識產權，Intellectual Property）的概念。

簡：《新社員》除了劇場演出，也延伸到小說和漫畫，但它比較是分眾取向，目標很明確設定在腐女這個族群，但能夠達到的量依然很有限。其他作品也有人來談電影改編，但怎麼改編還在討論中。其實，大家都以為《新社員》很熱賣，但它吸引的是一批死忠的群眾，是很限定在次文化的小眾，比較像是電影《洛基恐怖秀》（*The Rocky Horror Picture Show*, 1975）那種粉絲文化，但再怎麼樣也不會像《寂寞瑪奇朵》或是《天天想你》這類更面向普羅大眾的演出場次來得多。

除此之外，台灣劇場沒有投資的概念，如果有投資者，他們會看到產業、看到觀眾，一個戲要有票房潛力吸引群眾，才會值得被

投資，但是我們只有補助機制，而缺乏投資概念挹注預算，當然無法建立產業。

許：既然提到補助機制，善祿老師經常擔任補助評審，你自己對於這件事的看法如何？

于：目前的補助導向政策對於團隊來說，會形成一種業績主義，可是這個座標該如何轉變成投資的概念？假如政府沒有當領頭羊先做，民間企業投資是很難發生的，因為投資的相對面是風險，目前的局面就是沒有人願意冒險。老實說，這個問題我現在也無解，長久以來的大環境體質很難改變。2017 年開始可能會有些變化，文化部正在把補助的角色移轉給國藝會，原本的經費預算放在文化部下是需要被審核的，但是在國藝會基金的大水庫裡就有流動的可能。我們必須非常關注這個轉變。

許：回到全職創作者的話題，我覺得無論是九〇年代或現在，好像都會發現編導演人才在三十歲到四十歲之間區塊的最少，許多人可能接近而立時，就得思考轉行的問題。我覺得在我們這個世代願意繼續留在劇場創作的人似乎比以前多了些，但未來環境變好或變壞沒有人知道，對於想要維持全職的創作狀態的創作者來說，這個問題是滿棘手迫切的。

于：從九〇年代到現在，因為全球經濟連鎖效應，金融風暴也好、索

羅斯風暴也好，甚至是 911 事件的影響，每一年都發生了幾件對民生經濟有一定程度衝擊的大事，2000 年第一次政黨輪替時，曾有一個新時代開始的希望，但又旋即消逝。運作的歷史經驗和模式也告訴我們，當希望往下掉的速度越快，本來既有的優良體質也會跟著被牽連下去。

簡：那些在八、九〇年代海歸回台的創作者或學者，很多人都進入學院擔任教職或成為評審老師，那一輩是生在台灣的黃金時期。我們這世代面臨的狀況不同，要進入教職體系也更難了。再加上現在的勞動意識提升，以前做戲就是大家共體時艱，能夠拿個紅包就偷笑了，現在大家都希望能夠有合理的工作費用。對我來說，在目前的劇場環境底下要繼續在劇場當全職創作者真的很辛苦，同時間我也希望作品能夠被更多觀眾看到，也許未來會更積極嘗試和影視方面的可能性吧。

同在一個排練場 ——
簡莉穎的夥伴們

王安琪 X 吳修和 X 李育昇 X 李柏霖 X
柯智豪 X 許哲彬 X 黃緣文 X 劉柏欣 X
蔣韜 X 謝盈萱

採訪撰文　汪宜儒

演她的劇本，身為演員不用做太多，因為角色區別都有，
不用還要要什麼，硬裝什麼樣子或用力講什麼，因為角
色就在台詞裡。

王
安
琪

演員。合作經驗：再現劇團《第八日》；再拒劇團《自由時代》；
四把椅子劇團《全國最多賓士車的小鎮住著三姐妹（和她們的
Brother）》、《叛徒馬密可能的回憶錄》、《遙遠的東方有一群鬼》；
耳東劇團《服妖之鑑》

嗯，我演過他很多戲。2009 年《第八日》開始……，天哪，都要十年了。（驚歎）

很多人寫的劇本，是腦海中的話／畫去轉變成所謂對話，或是大段獨白，或者很多導演是自己寫本，所以想得太清楚，讀起來不爽快。但簡莉穎的劇本，是真、的、在、說、話。

好，拿《全國最多賓士車的小鎮住著三姐妹（和她們的 Brother）》來說，我第一次讀到，驚為天人哪！就是所有人在那邊「喔～」、「哇喔～」，那種讚歎。裡面很多台詞像是閒聊，或是看起來沒怎樣的對話，但就在一個很不戲劇性的狀況下，那節奏就產生了，劇裡很多的事情就發生了，要講的點就到了。就是說她的劇本，整個念出來就有氛圍，不狗血也不俗氣，演員做多了噁心，做少會像聊天，她的東西，一上去就會有種流動開始，台上的事情就會滾滾滾，一件事接著一件事就出來了，哎唷，真的好會！

即使是《叛徒馬密可能的回憶錄》，以閱讀來講，當我第一次讀到劇本，真不知所措，因為太複雜，你完全不知道自己的角色是在哪個位置。但整齣戲立體以後，所有環節到位後，所有人就立刻懂了，然後你會想回頭抓住她問：啊妳怎麼會知道立體後就變這樣啊？妳怎麼就是不像一般人一樣，一條感情線一個場景慢慢帶開，而是全部要交錯立體在一起？

簡莉穎，這個結巴的人，超標準牡羊，我覺得牡羊座就是瘋子，都是大砲。可是呢，她很能跟演員溝通，不是不能問問題的人。你知道很多人不喜歡別人問太多，或假如問到理念不合的地方會不高興，但簡莉穎從來不會隨便就給人一句「就是這樣，幹麼問」之類的，她很能知道為什麼我們需要發問或對什麼有疑問，她很能理解演員。

雖然我做劇場，但在我很少的看戲經驗中，很少有人的
文本讓我感覺這麼完整，這麼有血肉。

吳
修和

舞台設計。合作經驗：再拒劇團《自由時代》；窮劇場《懶惰》；
前叛逆男子劇團《新社員》、《利維坦 2.0》；莎妹劇團《羞昂
App》舞台技術指導

看《春眠》的時候，我完全不知道這個人，但很後來我才知道，其實早在前兩年的《自由時代》，我們就已經在同個劇組，只是她那時候參與的劇本部分比較少，真的沒直接對到過。總之，那次看了戲，覺得：哇～這劇本寫得很深層，把人的心境變化講得好好，那些場景、心情的剪接片段，好厲害。上網一查，發現這個人好年輕，我好訝異，怎麼這麼超齡，竟然可以寫出那樣的文字。

　　好啦，我承認我是她的粉絲。看過的她的戲，比合作過的還多，所以真的講不出什麼太壞的話（大笑）。

　　她的改編真的很有一套，《春眠》、《懶惰》、《全國最多賓士車的小鎮住著三姐妹（和她們的 Brother）》，幾乎是「組合肉達人」。她真的很會，很會剪下原著的血肉、重組，又讓人吃不出來是重組，尤其是那些原著本身，都是很厲害的。

　　跟她工作，會很清楚知道她追求的是對的東西，而她筆下的人物或場景，很少是單純符號性的，即使是邊陲或配角，都還是很有戲、很有趣，有血有肉能提煉，相較於很多台灣原創劇作中充斥著枝微末節，她的劇本密度極高。我想，她的焦慮或許來自於此，因為她沒辦法隨便寫。

　　相處後，我知道她是一個需要人捧的、需要被鼓勵與獲得回饋的人，雖然她不喜歡辦講座，哈，但她真的有個少女心，嗯，玻璃心，還好，她粉絲很多。

　　台灣的劇場創作環境並不是很理想，這幾年，一直做戲，我也明白那種消耗，這把年紀了，小莉啊，開心很重要，創作要開心，提筆要開心。

　　然後……以後，可以等到真的定稿後，再給我看嗎？（逃～）

我們做服裝，有時候空想不見得有想法，即使是一些必
要的關鍵字，也可以讓我開始組合想像。

李育昇　服裝設計。合作經驗：莎妹劇團《羞昂 App》；果陀劇團《五斗
米靠腰》；四把椅子劇團《全國最多賓士車的小鎮住著三姐妹（和
她們的 Brother）》、《叛徒馬密可能的回憶錄》、《遙遠的東方
有一群鬼》；耳東劇團《服妖之鑑》；前叛男子劇團《利維坦 2.0》

我跟簡莉穎是從喜劇開場：《羞昂App》跟《五斗米靠腰》，算是慢慢慢慢說上話，因為服裝設計，多數時候還是閉門作業，主要應對的還是導演跟演員。

　　幾次去到青島東路關心社會議題，都會看到簡莉穎的身影，我就明白，當她寫這些，真的是真實的投入其中。當我觀察她的文本，也發現，她不是用絕對的立場去寫角色，她不是《冰與火之歌》路線，不會隨便賜死角色或隨便收場，不是射後不理的，她會給角色完整生命。

　　她筆下的角色即使面對絕境，也是會呈現有時有希望，有時沒希望的狀態，那比較符合人生的常態，而非一直哭天搶地。又像是她講戒嚴，居然是從易裝癖切入，如此，一位劇作家的鮮明感跟立體度就出來了。可以說，關於人，她提供了很多面向，她筆下人物的周全性，讓所有人都要下很大功課，卻都是合理真實的存在。

　　其實在劇場技術應用的工作原則裡，我主要Follow的還是導演指令，但在定義角色面貌上，導演跟編劇的腳步如果可以同時掌握自然最好，一方面我得承接他們在排練場跟演員工作的感覺去工作，另一方面，人的型態百百種，編劇在劇本中投射的與我理解的並不見得謀合，意思是對人物的想像未必一致，但那必須要是可以溝通工作的，於是我才可以說出什麼最有把握、什麼又是技術點可以好配合的服裝樣貌。

　　在這個部分，她真的滿好合作的，雖然她也是大砲個性，但不論工作狀態裡或私下，她都會分享自己對角色是怎麼營造的。畢竟我們做服裝，有時候空想不見得有想法，即使是一些必要的關鍵字，也可以讓我開始組合想像。她是很願意提供自己的角色筆記的編劇，並且是很友善的、有助益的筆記，畢竟我是服裝設計而不是廠商，不是純然的否決而不給毫無建設幫助的方向。

她的存在，會激勵或影響更多台灣的創作，因爲我們很
需要、非常需要編劇！

李
柏霖　　舞台設計。合作經驗：耳東劇團《服妖之鑑》；四把椅子劇團《叛
　　　　徒馬密可能的回憶錄》

2011 年我才回到台灣，基本上我很不社交，很難跟人家熟，但讀完小莉的《服妖之鑑》，會有一股衝動，會想設計她！這感覺真的不常有。她會給我設計衝動，會引發很多想法，而那可以跟導演衍生很多討論，於是產生很多可以挖掘的設計面向。我就是覺得，這個人劇本寫得很好。

　　工作上，私底下，她都是很直來直往的人，喜歡會說好，不喜歡大家就來討論，我認為跟這樣的人聊創作，比較不會有太處在同溫層的感受。

　　劇作家的存在（活著）對我這樣的設計來說很重要，因為當劇作家創作了劇本，他對裡頭人物的樣貌、對那裡頭活動的時空背景，一定比任何人更清楚，當我不懂，當導演或演員有疑問，不論是劇本的精神層面，或是一個場景對觀眾可能的影響，甚至是一句台詞跟一個動作的先後順序等等，可以有人抓來問，而且你知道那個人會在排練場，真的非常棒。

　　另一方面，她寫作的題材之廣，會一直讓我好奇：這個人腦筋到底想什麼？那太不像一般創作者，創作久了會有框架或固定調性。可以說她是我難得觀察到的、在這時代，還持續寫台灣劇作的台灣劇作家，我想，她的存在，會激勵或影響更多台灣的創作，因為我們很需要、非常需要編劇！總是要有人寫，才可能創造出更多屬於我們自己的東西。

我一年至少碰到二十組編導，她大概是唯二我在工作過程中還有遇過的編劇。

柯
智豪

音樂設計。合作經驗：耳東劇團《服妖之鑑》；四把椅子劇團《叛徒馬密可能的回憶錄》、《遙遠的東方有一群鬼》；果陀劇場《五斗米靠腰》

她滿堅持很多事，「貓毛」（閩南語）啦，而她也有她很硬的地方，但我認為那對劇作家很重要，我也支持。我是音樂設計，但每次跟她討論或提醒一些關於劇本邏輯上的問題，雖然是從我做音樂的角度出發，但她願意聽、願意討論也願意改，當然，她還是有堅持，有專業，但不是不能溝通的。

　　像我工作的環節，不論在劇場圈或電影圈，都是比較後期的，是當劇本完成了、開始排戲或拍戲了，我才會慢慢進入。我一年至少碰到二十組編導，她大概是唯二我在工作過程中還有遇過的編劇，而且另一個是在電影圈喔。就，她是會關心到很後面的編劇。哈，所以我每次都會說：「誒，啊妳來幹麼，又沒妳的事。」

　　譬如《叛徒馬密可能的回憶錄》，很寫實，有複雜的人物線跟時間線，所以排練過程有時候會暴露出模糊的邏輯，對我來說，編劇本人在，可以現場立刻處理，多好。

　　小莉也是對音樂有想法的人，這對我來講很重要，有些編導使用音樂，只是賣弄一種風情或強調符號，但根本跟作品也沒連結，她不是那種。她的符號大膽，卻不是以符號為中心，而是以自己本位為中心去投射，像是《叛徒馬密可能的回憶錄》就有美少女戰士，那就是她創作的血統，那也告訴了我，她是什麼人，出生在什麼年代背景，於是我們也看得到立場跟觀點。雖然台灣劇場很多元跟繁榮，但實際上，在土壤裡站得住腳的，很少。絕大多數還是改編或移植，像她原創，少見，而讓我喜歡的，就是她血液裡的東西，這是讓我最驚豔的。

　　誒，我說小莉妳喔，保持現在就好了啦，妳這樣就能量一百，維持妳的火／活力，對，大聲吵架也好，這樣台灣就有救了啦（大笑）。

她對自己要做的事非常清楚，自覺意識非常高，乍看對
所有題材都可以寫、都有興趣，但她最終關注的還是人，
不是議題，這是我跟她有默契或者說合得來的重要原因。

許
哲彬

導演。合作經驗：莎妹劇團《羞昂 App》；果陀劇團《五斗米靠
腰》；四把椅子劇團《全國最多賓士車的小鎮住著三姐妹（和她
們的 Brother）》、《遙遠的東方有一群鬼》、《叛徒馬密可能的
回憶錄》；耳東劇團《服妖之鑑》

真的跟小莉熟，是我出國念書的那一年半，她是我那段時間，難得會越洋聊天的對象。一次聊到我在英國看戲的經驗，關於英國劇場大幅度重寫改編經典文本，她則提到日本導演平田織佐到台灣演出了改編的機器人版《三姐妹》，又聊了彼此的哥哥，根本就是《三姐妹》的原型，我們想，那我們也在台灣試試這樣的大幅度改編，因此才有了《全國最多賓士車的小鎮住著三姐妹（和她們的Brother）》。

　　對多數人來講，她不是好工作的夥伴，因為她對自己有高要求，本身也是好導演，但她一旦身為編劇，又很純然，不會把導演的空間寫死。我們的《三姐妹》合作經驗是，當演員讀完劇、開始排練，她來看了第一次整排後說不對勁，劇本要重修，我同意。後來，她其實是大改，而那已經是正式演出前兩週了。

　　對我來說，願意參與排練的編劇，在台灣很難得，但對我很重要，因為那是我在國外經驗中親眼見過、十分嚮往的狀況。我跟演員願意信任她的判斷，因為我也知道，這過程對她也是冒險，而我跟她的關係，就是前線與後援，不斷互換。畢竟，如果知道作品有問題，而且還有修改空間，卻不願意冒時間壓力的風險，我也過不去。

　　我們脾氣都不好，性子都急，或許因為是住在一起的關係，真正工作起來，反而變得理性，可以不斷對彼此的意見或想法有意見卻不會爭吵，這是我們的默契吧。說實在，她的心理素質真的比別人強很多，畢竟她炙手可熱，要扛票房，還得面對第一線評論。她不虛偽，她想到什麼就會說什麼，我想，她令人信服，是因為她的立體，那是關於一個人的完整，而那包括身為人的缺點。

　　簡莉穎，在妳死前，我不要寫劇本，我怕丟臉。

跟她合作，心臟要強，「夥伴」兩個字就是要
一起冒險的意思。

黃
緣文　　導演、音樂設計。合作經驗：再拒劇團《自由時代》導演；前叛
　　　　逆男子《新社員》導演、《利維坦 2.0》導演；女節《妳變了於
　　　　是我》音樂設計

大部分的編劇，可能都會希望釐清一齣戲到底要講些什麼，但小莉總試圖不去正面論述／迎擊／觸擊所謂議題這件事，常常是從一個小哏，一個很生活的場景，或是一個她感興趣的人開始，即使是黨外、政治等嚴肅的命題也是。我想，她是一個偏好從自己興趣出發，而未必從某個命題、議題出發的劇作家。當然，認真分析之後就會知道：本來所有創作者做的（作品）都會包含議題。

　　她是大膽的人，當某件事讓她躍躍欲試的時候，她就屬於「反正把帽子丟到牆後面，就不得不爬過這堵牆」的人，中間到底會經過什麼歷程，就……再說吧，所以跟她合作，心臟要強，「夥伴」兩個字就是要一起冒險的意思。其實跟小莉啊～從 09 年到 17 年的現在了。記得是有朋友看了她文大的畢製，回來說：「這個人可以合作。」那時候的小莉跟現在的，判若兩人。現在的她，有種理直氣壯的凜然，有自信多了，開始建立了自己的處事風格跟創作邏輯。總之這些年，她的變動是急遽的、不斷令人驚訝的。

　　相對於她，我有個慣性，我會不由自主想整理一個作品核心的意念，才去跟設計或演員溝通，有時候也未必多深入，但會清楚這作品就是會圍繞某個精神或意念，某種自我論述吧，但後來幾次跟小莉合作，發現在座談、在討論作品時，她是排斥的。這部分，同時也讓我一直檢討自己：有必要這樣闡釋嗎？有必要講什麼意義嗎？每次有她在一起的這樣的場合，我就會開始頭痛：要如何使用日常的語言聊作品，千萬不要進入論述的層次。哈哈，我就是會想著自己講著所謂意義的時候，她在後面翻著白眼的畫面啊。

　　我們是很不一樣的人，用著不同路徑去接近作品，去接近戲應該長什麼樣子。我們一起經歷過很多不同的工作過程，其實很有趣，當然，偶爾小小煩惱一下。

我提供的建議，她是真的聽懂，但那不是照單全收，她
是消化、代換、去蕪存菁，最後轉化成創作。

劉
柏欣

燈光設計。合作經驗：黑眼睛跨劇團《台灣365－永遠的一天》、
《活小孩》；再拒劇團《自由時代》；前叛逆男子《新社員》、《利
維坦 2.0》；窮劇場《懶惰》；耳東劇團《服妖之鑑》（燈光技
術指導）

從我認識她到之後，小莉的結巴一直很有名，很可愛啊！

　　跟她的合作，設計身分的六齣，技術身分的也有兩齣，跟她從不熟到可以互相吐槽，一直持續著的感覺是：她腦袋到底裝什麼？怎麼會有這麼多有的沒的的想法跟想像？太有趣了。

　　我回想一下喔……對啊，不管是荒謬奇想的，戲謔或鬧的，或是改編文本，或是社會議題，甚至是次文化，她每次劇本都能帶給我新的東西，每次都耳目一新，你會知道她是一個不會膽怯、很願意去嘗試新的寫作主題的劇作家。而且，她是一個很能消化的創作者。像《懶惰》，原著小說很短，內容很敘述性，沒什麼對話或太明確的角色，我第一次看完，想：這怎麼可能寫成一齣戲啊，編劇沒辦法寫的吧。後來，拿到劇本，不誇張，就是：哇靠，這也太強了！讀完她的本，跟讀完小說帶給我的感覺完全一樣。

　　在她《新社員》創作期，我在英國念書，她知道我有在看漫畫、BL，所以都會寄她的劇本給我，我也會告訴她，可能哪裡不夠萌，或哪裡的萌點要再強一點。很驚訝的是，上次跟她溝通過的角色問題啊、轉折啊，她下一次重寫傳過來的，真的都抓到關鍵了。於是你真的不會認為她不懂BL，你會覺得她就是腐女。

　　她是會看排的劇作家，會依據演員排戲的感覺再去修整，這過程非常有機，所以最後出來的成果會非常緊密貼合著台上所有一切，因此演員不只是完成劇本角色，劇作家也從演員身上找到可以幫助角色的東西，相輔相成，讓整齣戲有一種渾然天成感。同為劇場工作者、創作者，我很讚賞她面對創作時，不論是原本關注或不關注的，她都全力以赴，那是對創作的尊重。

　　下一次，劇本可以再早一點出來嗎？

跟她當然有過激烈的對話，就是討論吧，就看誰說服誰。

蔣韜　音樂設計。合作經驗：外表坊時驗團《春眠》；黑眼睛跨劇團《活小孩》；前叛逆男子劇團《新社員》、《利維坦 2.0》

我不怎麼 Follow 劇場發生的事，所以當她很被討論的時候，我也都還沒發現這人。是到《春眠》吧，那時就是一起工作了。後來，就是很正常很普通的合作關係，我就是個音樂設計。

　　第一次開會，她一直在做筆記，沒有說很多話，幾乎是把大家對劇本的想法意見，都記了下來吧，好像不管任何人或任何背景專業，只要聽到有意思的觀點，她都會記下來。後來，我知道那是她（身為編劇）的正常。

　　在前叛逆的兩齣作品中，因為是音樂劇，我跟她有了很多交流，是要很早就面對她進行中的、未完成的文字。跟她當然有過激烈的對話，但本來也就因為前叛逆的創作者都很喜歡討論戲，最後就會陷入某一種狀態……她的用字是比較強烈，但我自己的感受是不到激烈，就是討論吧，就看誰說服誰。

　　對我來說，她是一個聰明的劇作家，她跟題材關係是直接的，她會進入，去處理（啊我在講什麼廢話），好啦，因為我覺得有些劇作家，有時候有點在自己的文字獄裡，於是跟原本要處理的題材，就隔了一層，而那層可能是劇作家不願面對的盲點。簡莉穎沒有這問題，因為她要去，就是會整個進去，並且她不虛偽。嗯，我是認為如果個人風格強過題材，就虛偽了。不是說她沒有風格，她的幽默感基本上就是辨識她作品的方式，不論那是寫實敘事或分裂。

　　但，我覺得她人生有改變耶，變成一個「不斷需要寫劇本的人」，而她本來是一個「在創作劇本的人」。也因為她「必須」寫劇本這件事，很影響她的氣色、狀態等等。這其實很值得人擔心，畢竟為了現實的忙、接案子求生存的忙，跟創作該用的精神，是不該一樣的，但她已經都放成一樣的，那讓她看來比以前焦慮很多。

　　我滿期待她的作品，所謂我們這個世代的思維，正在圈子浮現，她，是一個有代表性的人物。

她的工藝，嗯，這樣形容沒錯，是高級訂製服的狀態。

謝
盈萱

演員。合作經驗：莎妹《羞昂 App》；對幹戲劇節《看在老天爺
的份上》小訪談拍攝；耳東劇團《服妖之鑑》

大概是在工作《羞昂 App》的時候，從我們老師林如萍那聽到她，大概的說法是：簡莉穎也不是個脾氣很好的人，是被人家捧在手心上的天之驕子，她對妳非常寬容了，沒跟妳生過氣。嗯……（沉思）她對我真的算好的，因為認識久一點之後會知道，她真的脾氣不好。啊好啦，她看到這裡應該會說我到底有什麼資格說別人。反正，所謂藝術創作者，就是有時候會有些缺乏，譬如自制力、情緒控管之類（大笑）。

　　其實我沒有遇過很多編劇（本人），但她，是最厲害的。當她對一位演員有想法時，她真的可以寫出很符合這演員的東西。像是《理查三世》，當她看完演出，立刻就覺得我可以演男生，後來《服妖之鑑》的劇本很快就成形。我常跟她分享一些想法或有趣的事或想做的戲的樣子，也常跟她講，我可以做什麼、懂做什麼、會做什麼，她的腦袋馬上就會有想法，然後依照我的特長寫出一個最適合發揮的場景，而那又會是你原本想都想不到的。跟她聊天、工作、亂發想東西的撞擊，就是可以這樣不斷來回堆疊累積的。

　　如果有什麼抱怨，就是她工作量實在太大，但又能怎麼辦，她也要活下去啊，那有能力的人，就是一堆人要找啊。但要知道，她如果沒興趣，你也就不可能請得動，因為她就是不、想、寫。對，她現在就是這麼大牌，你知道的。

　　不過，要跟她工作，真的要敢放手給她，她有些點子，或許聽來驚世駭俗，但真的要相信，會被她關注的議題，絕對是某個程度上需要被探討的。而這也是我喜歡跟她工作的原因，我認為，所謂戲劇／劇場該做的事，就是面對。簡莉穎喔，她真的讓我看到：一個好的編劇可以如何去幫助演員。說實在，一齣戲，最基底的劇本只要好，找對導演，贏面已經很大。就算是不好的演員，讓他遇上好劇本，一定就有基本分；反過來說，如果是個好演員，那分數一定不只一百，是破表。

　　誒，簡莉穎，妳對我好一點。記得常找我演妳的劇本。

春 眠 簡莉穎劇本集 1

作　　者	簡莉穎	
編　　輯	陳韋臻	
美術設計	夏皮南	
前期企劃	陳雨柔	

出　　版	一人出版社	
地　　址	臺北市南京東路一段二十五號十樓之四	
電　　話	(02)2537-2497	
傳　　真	(02)2537-4409	
網　　址	Alonepublishing.blogspot.com	
信　　箱	Alonepublishing@gmail.com	

總 經 銷	聯合發行股份有限公司	
電　　話	(02)2917-8022	
傳　　真	(02)2915-6275	

初　　版	二〇一七年十月	
二　　版	二〇二二年十月	
定　　價	新台幣三五〇元	

國家圖書館出版品預行編目 (CIP) 資料

春眠 : 簡莉穎劇本集 . 1 / 簡莉穎作 .
-- 初版 . -- 臺北市 : 一人 , 2017.10
　　面 ;　　公分
ISBN 978-986-92781-5-7(平裝)

　854.6　　106015616